KB079341

월간주폭초인전
오프닝 그래픽
이푸로니

월간주폭초인전

월간주폭초인전

dcdc

X

그래픽

이푸로니

차례

✷

월간영웅홍양전

"생리해요?"
"아니. 슈퍼생리해."
"하하. 뭐예요, 그게."
그때 그 말을 잘 들었어야 했는데 말이에요.

기절할 것 같은 격통 속에서. 아니 그 격통 때문에 기절에서 깨어나는데 그냥 그날의 기억이 떠오르더라고요. 원래 기절했다 깨어나면 다 이러나요?
"여자들은 이기적이야."
목소리가 들리더군요. 곰인형의 탈을 쓴 남자의 비

장한 한마디. 제가 눈을 뜬 것을 보고는 말을 꺼낸 것 같아요. 아마 아까부터 멘트 준비하고 있었나 본데.

"남자들은 그걸 알아야 해."

아픔이 가시니까 주변이 눈에 들어오더군요. 곰인형의 탈을 쓴 테러리스트. 쇠사슬에 묶인 저. 어제 산 선물상자는 제 발밑에 놓여 있고. 불 어두운 공장. 그리고 곳곳에 나뒹굴고 있는 장난감들. 아니다. 나뒹굴고 있다는 표현은 너무 박하죠.

방을 빙 두른 레일을 일주하는 기차 모형과 그 레일 주변에 도시를 이루고 있는 블록장난감들. 적재적소에 배치된 양철로봇과 공룡인형. 이들의 싸움을 지원하기 위해 달려오고 있는 탱크와 비행기 모형. 그리고 그 격전지 외의 지역을 지키고 있는 소방차와 경찰차.

꽤 멋졌거든요. 그 사이에 쇠사슬로 묶인 나란 사람은 이 장난감 왕국에 좀 과다한 신화적 조미료가 될 것 같기는 하지만요.

"네 인생도 여자 잘못 만나서 끝나는 거고."

저는 신음을 흘리고는 고개를 끄덕이고 말았어요.

아. 동의했다는 이야기는 아니에요. 고개를 저으려고 얼굴을 들었는데 목에 힘이 빠져서. 사실 저라고 상황파악이 된 건 아니었거든요.

아마도 어젯밤쯤 집에 쓸쓸히 돌아오는 길에 누구한테 무척 리듬감 있게 맞았고 눈을 떠보니 쇠사슬에 묶여 곰인형 탈을 쓴 테러리스트에게 위협을 받고 있다는 정도만 아는 터라.

"동의하지?"

"… 아저씨 장난감 취향에는요."

이번에는 테러리스트가 고개를 끄덕였죠. 커다란 곰인형 탈을 쓴 덕분에 조금 귀여웠는데. 악당들은 어쨌든 인정욕구가 센 사람들일 게야. 뭐 이런 생각마저 들더군요.

"학생이 눈이 좀 있네."

테러리스트는 뒤뚱뒤뚱 그 곰인형 탈로도 미처 다 감싸지 못한 엉덩이를 흔들면서 제 앞으로 다가왔어요. 그러고는 털썩, 주저앉아 제 어깨를 토닥였죠.

"말해봐. 너. 홍양이랑 아는 사이지? 그 여자랑 무슨 사인데? 여자 때문에 네 인생이 끝나게 된 마당에, 그 여자에 대한 한풀이 정도는 해야 할 거 아냐?"

"홍양…?"

"그래. 홍양."

아아. 역시. 나를 납치한 이유가 그거구나. 그제야 납득이 가더라고요. 홍양 때문이었어. 그런 이유라면. 이해할 만하죠. 배울 만큼 배운 성인이라면야 그 정도야. 고백하자면 저도 홍양 때문이라면 뭐든지 할 거라서요. 사람도 때릴지도 몰라.

어쨌든. 그래서 이 홍양이라는 분이 누구시냐. 도대체 얼마나 핫한 분이시기에 이렇게 곰인형의 탈을 쓴 테러리스트가 저를 납치해가면서까지 그 뒤를 쫓고 있느냐.

남들이 다 아는 식으로 말하자면 21세기 최초로 대한민국 일산에 나타난 슈퍼히어로시죠. 아니. 여자니까 슈퍼히로인인가. 언제나 헷갈리는 설명인데요.

어쨌든 유명하잖아요. 널따란 붉은 천으로 몸 전체를 가리고 일산 전역을 종횡무진 휩쓸면서 불도 끄고 열차충돌도 막고 사람도 구하는 그 사람.

연령 불명에 거주지 불명. 그나마 성별만은 목소리

덕분에 여자라고 판명이 나기는 했지만. 이름도 몰라 성도 몰라. 트레이드마크인 붉은 망토 덕에 홍양이라는 별명이 붙은.

쏟아지는 돌무더기를 맞고도 멀쩡하고 빌딩을 1층에서 옥상까지 점프로 올라가고 슈퍼파워로 모든 문제를 해결하는 정체불명의 적수공권 그 사람.

홍양.

"말해봐. 둘이 그날 같이 있었잖아. 둘이 어떻게 아는 사인데?"

"그거 이야기가… 꽤 구질구질한데요."

뭐. 홍양을 만나고 제 인생의 여러 가지가 끝이 나긴 했네요. 하지만요. 대신 정말 많은 것들이 시작되기도 했거든요. 예를 들자면 글쎄다. 연애라든가요.

이야기는 삼 개월 전. 영자 씨한테 투덜거린 날부터 시작할게요. 아. 영자 씨는 제가 사귄 첫 여자친구예요. 신영자. 저보다 나이는 두 살 많은데 누나라는 호칭이 어색하다고 그냥 이름에 씨를 붙여서 부르기로 합의를 봤죠.

"영자 씨. 어제는 많이 피곤했어요? 답장도 오늘 약속시간 전에 줬더라."

그날은 모처럼 봄이랍시고 산책을 나온 날이었어요. 조금 걷다가 카페 안에 들어가서 다퉜죠. 네? 아뇨. 이거 나름 까칠하게 한 건데요. 완전 배에서부터 힘을 준 목소리였는데요.

영자 씨는 '그러고 보니 그랬네'라는 투로 어깨를 으쓱였어요. 가는 팔이 살짝 올라갔다 내려갔죠. 그날 아마 회색빛의 후드 달린 티를 걸치고 왔던가.

영자 씨는 조금 작은 키지만 많이 말라서 낭창낭창한 데다 제법 미인인데요. 아니. 예쁘다기보다는 귀엽다는 표현이 더 어울릴 것 같은데. 알았어요. 본론에 들어갈게요.

"그냥 좀 몸이 안 좋았어."

영자 씨는 뭐랄까. 좀 쿨해요. 자기 할 일만 다 하면 다 된 거 아니냐는 투죠. 저는 항상 거기에 끌려다니고요. 그게. 제가 워낙에 연애 초보라서.

"몸이 안 좋으시면 약속 미뤄도 되는데. 저번 달에도 말씀 없이 약속 당일에 잠수를 타셔서 저 속상했었잖아요. 그냥 꿈자리가 사나워서 나오기 싫다고 해도 이해하니까요. 다만 미리 연락만 해주세요."

"그래. 경각 씨 말이 맞아."

네. 경각은 제 이름이에요. 무슨 닉네임 같죠? 하기야. 영자 씨도 그렇게 말했어요. 영자 씨랑은 트위터로 만났거든요. 영자 씨는 디자이너인데 제가 영자 씨 트위터 개인계정에 올라온 그림의 팬이 되어서 SNS로 연락했었죠.

어쩌다 그렇게 안면을 트게 되고 영화도 보고 그러다 사귀게 되었는데. 사귀는 날까지도 제가 본명을 ID로 쓰고 있다는 걸 모르더라고요. 아, 네. 본론.

어쨌든. 저는 투정을 부린 것이 미안해서 조용히 영자 씨의 손을 잡았어요. 그러자 영자 씨 몸에서 나는 그 체취. 아마 향수에 땀 냄새가 조금 섞였는지 살짝 비릿해서 더 생생한 냄새였는데. 딸기향이었어요. 그게 제 손으로 전해졌지요. 어. 이거 의외로 본론이에요. 진짜로.

"많이 아프지는 않으시고요? 그럴 때는 저한테 꼭 말해주세요. 우리 이렇게 서로 만나고 있으니까. 이런 문제에서 서로 기댈 정도의 관계는 되었다고 생각해요. 그렇지 않나요?"

영자 씨는 살짝 웃고는 저를 다독였죠. 그러고는 약간 부끄럽다는 듯이. 말을 이었어요.

"맞아. 내가 잘못했지. 그런데 경각 씨가 이해를 해 줬으면 해."

"이해요?"

"응. 저번 달도 그렇고 이번에도 그렇고… 그 날이었거든. 내가 그 날 즈음에는 예민해져서 전화를 받을 수 없는 상태일 때가 있어."

그래요. 그 날. 그 생각을 못했던 거예요. 가끔가다 대학 친구나 알바 동료가 생리 때 쉬는 모습을 보기는 했지만요. 이렇게 누군가와 연인 사이가 된 것도 처음이었고 연인이 생리 때문에 힘들어하는 것도 처음이어서.

"생리해요?"

"아니. 슈퍼생리해."

"하하. 뭐예요, 그게."

그때 그 말을 잘 들었어야 했는데 말이에요.

영자 씨는 무척이나 새초롬한 표정을 지었었죠.

변명을 하자면요. 제가 생리에 대해 알고 있는 것이라고는 '깨끗하게 맑게 자신 있게' 뿐이었거든요. 그냥 그 날에는 힘들다. 그냥 그런 줄 알아라. 이게 제가 아는 전부였거든요. 그러니 슈퍼생리라는 말을 들었을 때 그냥 슈퍼하게 아픈 생리인 줄 알았죠.

"경각 씨가 이 참에 알면 좋겠어. 나는 대충 한 달에 한 번 마법에 걸려. 그게 이래저래 힘들거든. 당일 전후로 이틀씩은 경각 씨한테 살짝 소홀해도 양해를 해주세요. 괜찮지?"

"어, 네. 물론이죠. 저도 달력 어플에다가 체크를 해놓을게요."

영자 씨는 그때 피곤함이 약간 가셨다는 표정으로 웃었어요. 전 많이 미안했죠. 면목 없기도 하고. 첫 연애니까 더 긴장하고 더 먼저 알아서 생각했어야 하는 문제인데.

"심하게 앓는 편이신가 봐요. 그. 뭐더라, PTSD?"

"PMS야, 멍청아."

"둘이 다른 거예요?"

"크게 다르진 않아."

어… 이젠 둘이 뭐가 다른지 잘 알아요. PMS가 PTSD의 하위 개념이죠. 어쨌든 영자 씨는 다시 좀 피곤한 표정을 짓기는 했는데요. 그래도 다시 기운을 차리고는 이야기를 이어나갔죠.

"실은 내가 프리랜서를 택한 이유이기도 해. 생리가 슈퍼생리라 한 달에 일주일은 통째로 비워놓아야 하니까."

"아이고. 영자 씨. 고생 많으셨네요."

"매달 겪는 일인데 뭘. 태어날 때부터 가진 숙명이기도 하고. 원래 누군가는 피를 흘려야 하잖아."

"제가 어떻게 도와드릴 게 있다면 꼭 말씀 주세요."

"뭐… 그냥 경각 씨가 남들한테 말하고 다니지만 마. 일일이 광고할 일도 아니잖아."

저는 그랬구나. 또 그렇구나 하고는 고개만 끄덕였어요. 뭐 영자 씨 말마따나 일일이 광고할 일도 아니겠지만 굳이 비밀로 할 일인가 싶기도 했는데. 그냥 그런가 보다 했죠. 숙명이라니 좀 거창하구나 싶기도 했고. 정말 잘 몰라서. 또 물어보면 안 될 것 같아서.

"여자가 잘못했군."

"네?"

"네 여자친구. 아주 제멋대로잖아."

테러리스트의 얼굴이 곰인형 탈 안에 있어 그 표정은 알 수 없지만 목소리로 들어서는 조금 비아냥거리는 투였어요.

"학생이 너무 여자를 못 잡고 사는 거 아냐? 그래서 남자 구실 하겠나."

테러리스트는 곰인형 탈의 팔을 붕붕 돌릴 정도로 열의에 차서는 저를 질타했죠. 젠장. 진상 택시기사처럼 잔소리하는 주제에 귀엽기는.

"생리가 뭐 대수인가? 여자만 아프냐고. 남자들도 아파. 남들도 다 참고 일하는데. 직장에 취직을 못할 정도가 어디 있어. 거기다가 연락을 못할 정도는 또 뭐냐고."

"영자 씨가 좀 심하게 아픈 편이라고 그랬잖아요."

테러리스트는 이제 한숨을 푹 쉬더군요. 입은 보이지 않지만 소리는 들리니까. 어깨가 축 늘어지기도 했고.

"학생. 학생이 그렇게 여자한테 휘둘리면 안 되는 거야. 여자들이 제멋대로 구는 이유는 하나야. 혼내주기를 바라는 거라고. 잘못을 꾸짖고 통제해주기를 원하는 게 여자라는 말씀이야. 그런데 너는 그걸 일일이 들어주고 앉았으니. 어휴, 이 답답이가."

저는 지금 당위성 없는 무차별 테러와 인질극을 저지른 범죄자에게 인생에 대한 훈계를 들어서 무척 자존심이 상했는데요. 아니 이 아저씨는 자기가 연애를 얼마나 잘했다고 인생은 얼마나 잘살았다고 어 지금 테러리스트가 된 건가.

"학생. 여자친구가 자네한테 그렇게 말해놓고 어디 가서 무슨 짓을 하고 있을지 누가 알아?"

"아저씨. 알아요. 저 아니까. 본론. 저 본론 들어갈게요."

"어휴… 그러든가."

우선 아저씨 말이 아주 틀린 것은 아니에요. 전 그때 영자 씨가 어디 가서 무슨 일을 하고 있는지는 전혀 몰랐으니까. 하지만 진짜 일어난 일은 좀 뭐랄까.

좀 달랐어요.

또 다음 달이 되니까. 아니나 다를까 영자 씨는 또 연락을 받지 않았죠. 아녜요. 휘둘리는 거 아니라니까. 대신 이번에는 마음이 불편하지는 않았어요. 그며칠 전에 곧 슈퍼생리 기간이니까 밖에서 만나기 좀 그렇다고 했거든요.

저는 저대로 하루 빈 시간이 났다고 생각하고 제 할 일을 하기로 했죠. 첫 연애에 이것저것 투자를 하다 보니 예전만큼 다른 일에 집중하지는 못했으니까. 밀린 빨래도 하고. 설거지도 하고. 평화로운 하루였어요. 괜찮은 저녁이었죠. 그러니까 친구가 저한테 보낸 문자를 보기 전까지요.

야. 너랑 사귀신다는 그 누님 말이야. XX동에서 지나가시는 거 뵈었다. 원래 이 동네 살고 계시던가? 여전히 예쁘시던데?

그릇들 다 씻어놓고 폰을 확인하는데 거참. 이렇게 일일이 보고하는 그 친구도 참 그렇지 않나요?

누나 XX동이 아니라 YY동 살아. 그렇잖아도 오늘 일이 있다고 했는데 그것 때문에 나간 거 니가 만났나 보다.

뭐. 대충 그렇게 문자를 보냈었을 거예요. 응? 맞아요. 일이 있다고 한 적 없었어요. 그냥 전날에 문자로 밖에서 만나기가 그렇다고 했었는데. 당일에는 연락도 없었고요.

어, 그렇더라. 누님 많이 바쁘신지 내가 불러도 듣지 못하고 막 어디 가시더라.

의심했냐고요? 의심은 무슨. 아니라니까요. 그럴 사람도 아니고. 그냥 약간 서운은 했죠. 적어도 몸 상태 나쁘지 않다고 문자라도 하나 줬으면 좋았을 텐데.

주말에 저녁 타임이 통으로 비었겠다. 그래서 기분이나 풀려고 TV를 틀었는데. 아이고. 그때. 아주 미치는 속보가 하나 나오고 있었죠.

"아하. XX동 LPG가스통 연쇄폭파사건이 있던 날

이구나. 그날 토요일 네 시였지."

"네. 잘 아시네요?"

"그야 내가 한 거니까."

어련하시겠어요.

테러리스트는 자랑스럽다는 듯이 어깨를 펴요. 그렇잖아도 커다란 곰인형 탈이 들썩거리니까 거참. 다행히 사상자는 나오지 않은 사건이었지만 한 동네를 통째로 날려먹고서도 저렇게 자랑스러워하면 좀 그렇지 않나요?

그리고는 뒤뚱거리면서 방 안에 설치된 블록장난감 마을 한편으로 다가가더군요. 그러고 보니 이 열차 레일이 깔린 노선이나 블록장난감 마을. 이거 일산의 축소판이네요.

"아마 이쯤이었지. 그래. XX동. 정부에서는 대외비로 하고 있지만 여기에 슈퍼컴퓨터를 숨겨놓은 시설이 있었거든. 지금은 내가 훔쳐와서 없지만. 그거 빼돌리려고 그랬던 거였어."

"그랬어요?"

"응. 건물에 숨어 들어가려고 했는데 감시 시스템

이 삼엄하더라고. 그래서 LPG가스통 연쇄폭파사건을 일으켜서 근방 전력을 다 끊어버리고 경찰이랑 소방관들이 근처에 오지 못하게 했지. 지금 생각해봐도 정말 스바라시한 작전이었단 말씀이야."

"네, 네. 어쨌든 그거. 본론 들어가야죠. 아저씨."

말씀하신 대로의 일이었겠지만 당시에는 그냥 연쇄폭파사건으로만 속보가 터졌죠. 여덟 시 뉴스가 그 이야기로 도배되었으니까. 동네가 연기로 자욱하고. 사람들은 비명을 지르면서 뛰어다니고. 아비규환이었어요, 아비규환. 일산에 지옥도가 펼쳐졌다고요. 아저씨 반성 좀 해요.

아무튼 그때 막 눈물이 나더라고요. 방금까지는 그렇게 아쉬웠는데. 좀 세게 말하자면, 화까지 났었는데. 영자 씨가 다쳤을지도 모른다는 상상을 하니까. 어쩌면 영자 씨가. 영자 씨가. 다시는 만나지 못하게 될 수도 있다고 생각하니까. 서운함에서 무서움으로 떨어지는 감정의 낙차가 엄청나서.

그때 기억이 가물가물하긴 해요. 무작정 아무 옷이

나 잡히는 대로 걸쳐서 나갔고. 택시를 잡아서 XX동 가까이 세워달라고 부탁했고. 마구잡이로 그 동네를 뛰어다니면서. 연기로 자욱한 동네를 누비면서 영자 씨의 이름을 외쳤죠. 아저씨 반성 진짜 하세요.

무슨 일이 있으면 어쩌지. 진짜로 이 사람에게 큰 일이 일어나면 어쩌지. 무서운 상상은 에스컬레이터 움직이듯 점점 올라갔죠. 5층에서 6층으로. 6층에서 7층으로. 8층에서 1295층으로.

만약에 무슨 일이 있었다면요. 영자 씨가 그만 목숨을 잃거나 했다면요. 다 필요 없었을 거예요. 다 죽여버렸겠죠. 누구든 다. 그냥 내 눈앞에 보이는 사람 모두. 보이는 대로 다 죽여버리고 더 죽일 사람도 없게 되면. 나도 영자 씨 따라서 죽어버렸을 거야.

네? 무서운 소리를 한다고요? 저기요. 아저씨는 다 죽든 말든 될 대로 되라는 식으로 굴다가 운 좋게 못 죽인 사람이잖아. 제가 무슨 말을 하든지 실제로 도심에서 가스연쇄폭파 사건을 일으킨 사람만큼 무섭기야 하겠어요?

어쨌든 그렇게 폐허가 된 거리를 돌아다니는 사이

에. 공포로 가득 차서 벌벌 떨리는 손을 어떻게든 부여잡고 폭연 속을 헤매는 그 사이에. 저는 향기를 맡았어요. 탄내도 가스내도 아닌 그런 향기를요. 네. 딸기향.

언제나 그 손에서 내 손으로 전해지던. 헤어지고 집에 와서도 몇 시간이 지나도록 잔향이 사라져가는 것을 아쉬워하던 그 딸기향. 아이씨. 아저씨. 좀 이해해요. 제가 워낙에 연애 초보라서. 이러는 거니까.

저는 그 먼지바람 사이를 헤집으면서 그 딸기향의 근원을 찾았어요. 그리고 어느 골목에서, 네. XX동의 A빌라 옆 뒷골목에서. 달빛 아래에서. 그 사람을 발견했죠.

커다란 천으로, 그것도 딸기처럼 붉은 색의 천으로 온몸을 감싸고는 사제폭탄을 해체하고 있던. 뭐 다른 사람들도 아는 이름으로 말하자면. 21세기 일산신도시특산슈퍼히어로. 홍양을.

"영… 자 씨? 여… 여기서 뭐해요?"

그리고 그 홍양은. 아시다시피 영자 씨였고요. 영자 씨는 황당하다는 눈빛으로. 또 어처구니없다는 말투로 대꾸했죠.

"문자로 오늘 그 날이라고 했잖아."

"그 날… 이요?"

"응. 슈퍼생리하는 날."

"슈퍼…?"

"생리."

어안이 벙벙해 입을 다물지 못한 저를. 그러니까 안심을 해야 하는지 황당을 해야 하는지 여간 감을 잡지 못하던 저를 보고 홍양은. 아니. 영자 씨는.

우선 폭탄을 손으로 감싸고는 펑, 하고 터뜨렸어요. 폭발은 영자 씨의 작은 손 너머로는 어떤 피해도 주지 못한 채. 약간의 소음만 남기고는 사라졌죠.

그리고는 몸을 둘러싼 천을 벗어다 고이 접어 가방에 넣더군요. 하긴. 도심에서 이십 대 후반의 여성이 노상에서 옷을 갈아입기란 쉽지 않으니까. 저렇게 커다란 천으로 몸을 둘둘 말아 정체를 숨기는 편이 편리할 거야. 뭐 이런 생각이나 하고 있었는데.

놓친 정신을 그대로 고이 보내고 있던 저의 어깨를 영자 씨가 툭, 하고. 딸기향과 폭약 냄새가 섞여 어렴

풋이 밴 손으로 제 어깨를 친 뒤 말을 꺼냈어요.

"경각 씨. 우선 뭐 먹으러 가자. 선짓국 먹을 줄 알지?"

"여기요, 선짓국 두 그릇이랑요. 경각 씨는?"

"어… 저는 안 먹을 건데."

"그래? 그럼 선짓국 두 그릇이랑 수저는 한 벌만 주세요."

첫 연애이기는 했지만 선짓국 집을 데이트 코스로 기대했던 적은 없었는데 말이죠. 저나 영자 씨나 술을 즐겨 마시는 편은 아니었거든요. 가끔 진짜 입만 축일 정도로 마셨으니까.

하지만 영자 씨는 너무나도 자연스럽게 선짓국집으로 들어와서. 그것도 두 그릇이나 혼자 시켜놓고는 불편한 표정으로 앉아 있었죠.

"어… 술도 시킬까요?"

"응? 아냐, 아냐. 술은 안 마실 거야. 슈퍼생리 기간에 알코올 들어가면 더 훅 가더라."

머리가 지끈지끈하다는 듯이 관자놀이를 주무르던

영자 씨. 저는 그날 덤덤하다가 아쉬웠다가 놀랐다가 무서웠다가 안심이랑 황당했다가 감정의 파도가 놀이공원 자이로드롭마냥 치솟고 내려앉길 반복해서 뭘 어떻게 해야 할지를 모르겠더라고요.

"그런데 또 철분은 모자라서. 꼭 선짓국을 먹어줘야 해. 경각 씨는 이런 거 입맛에 안 맞아서 안 먹는 거 아니야? 만약 배고프면 여기서 먹고 다른 곳으로 가자."

"아뇨, 괜찮아요. 진짜 배 안 고파요. 그냥 조금 놀라서…."

그때 그냥. 눈물이 나더라고요. 아이고. 나이도 적당히 먹었는데. 왜 또 갑자기 그냥 눈물이 주르륵 흐르던지.

"어머나. 경각 씨. 그렇게나 놀랐어? 자, 자. 괜찮아. 괜찮아. 나 여기 잘 있어. 살아 있어. 걱정하지 않아도 돼."

피곤하다는 듯이 찡그렸던 이마를 펴고 귀엽다는 듯이 웃던 영자 씨. 테이블에 있던 휴지를 뽑아서 제 눈물을 닦아주더라고요. 아니, 아저씨. 고추 떼라가

뭐예요. 고추 떼라가. 다 큰 남자한테. 다 큰 남자가 뭐 울면 어때서.

"생리라면서요…."

"아니. 생리가 아니라 슈퍼생리라고 했잖아. 한 달에 한 번 마법에 걸린다고."

"슈퍼생리가 뭔데요…?"

정말이지. 처음에 말해주었을 때 잘 들었어야 했다니까요.

영자 씨는 곤혹스러운 표정으로 그냥 웃더군요. 자기도 뭐라고 말을 꺼내야 할지 모르겠다는 듯이. 이런 이야기를 꺼내도 되는 건지 모르겠다는 듯이.

"그러니까… 내가 좀 특이체질인데. 다른 사람들처럼 생리를 하긴 하는데 그걸 좀 특별하게 해서. 대략 한 달에 한 번 주기로 호르몬 분비로 인한 생리 때문에 스트레스가 쌓이면 그 스트레스에 비례하는 슈퍼파워가 생겨. 초능력이라고 해야 할까. 응. 경각 씨가 예전에 무슨 영화 보자고 했었지?"

"맨 오브 스틸… 슈퍼맨?"

"응, 그거. 그거랑 비슷해. 힘이 무척 세지고 오감

이 예민해져. 다쳐도 빨리 낫고."

거참. 놀랍죠.

"근데 그냥 힘만 세지는 거면 상관이 없는데… 내 몸만이 아니라 내 감정도 많이 흔들리거든. 그래서 막…."

"막…?"

"막… 정의를 지키고 싶어지거든."

기나긴 정적 사이에 식당 종업원이 선짓국 두 그릇을 영자 씨 앞에다 대령하더군요. 아마 단골이었나 봐요. 그 집 맛있기는 했어. 영자 씨는 우선 선지 덩어리를 큼지막하게 잘라다가 한입에 먹어치웠죠.

"생리할 때 되면 호르몬 때문에 평소와는 다르게 행동하는 사람들이 있잖아. 날카로워지기도 하고. 나도 그런 편이긴 한데. 그것만이 아니라 성욕이 세지거나 도벽이 생기거나 하기도 하거든. 나도 그 비슷한 거야. 그냥 정의를 지켜야 해. 어려운 사람들을 돕고 나쁜 사람을 막아야 해. 그러지 않고는 못 견디는 거야."

정말이지 뭐랄까. 여자의 몸은 신비로 가득 차 있

다니까요.

말을 많이 해서 배고팠는지 대충 설명이 다 되었다고 생각했는지 영자 씨는 그제야 수저를 들어 눈앞의 선짓국을 열심히 뜨기 시작하더군요. 저는 머릿속에서 이제껏 영자 씨가 생리 아닌 슈퍼생리에 대해서 했던 말들을 반추하며 아귀를 맞춰봤고요.

"전에 태어날 때부터 가진 숙명이라는 말은…"

"슈퍼히어로로서의 숙명."

"누군가는 피를 흘려야 한다는 말은…"

"원래 히어로로 활동하다 보면 피 자주 봐. 아. 그리고 일단은 나도 여자니까 슈퍼생리 기간에 생리를 안 하는 것도 아니고. 애초에 거기서 받는 스트레스가 슈퍼파워가 되니까."

"일일이 광고를 할 일도 아니라는 말은…"

"그야 일단은 비밀 신분이고 초능력에 기간한정이라는 약점도 있으니까. 신분은 몰라도 능력의 한계는 이미 알고 있는 악당들도 있긴 해. 장 회장이라고 곰 인형 탈을 쓰고 다니는 애가 있는데 개는 확실하게 알걸? 내 네메시스거든."

아저씨가 장 회장 맞죠? 곰인형 탈도 쓰고 다니고. 응. 그럴 줄 알았어요. 이미 알고 있다니까 이렇게 구구절절 다 말했죠. 나도 지조가 있는데.

어쨌든 그날 이런저런 이야기 많이 했어요. 왜 영화처럼 옷 안에 바짝 달라붙는 타이츠를 입지 않느냐고 물어보니까 타이츠는 배를 압박해서 힘들다든가. 어쨌든 생리는 생리라서 어지간해서는 뛰지 않는 현장에 가려고 노력한다든가. 언제나 쓰는 딸기향 향수는 생리 때 피 냄새가 나는 것 같아서 뿌린 것이 버릇이 되어서라든가.

"역시 그런 거였군. 어쩐지 홍양 고것이 언제나 한 달 주기로만 나타난다 했어. 그것도 정확히 한 달은 아니어서 작전을 짜기가 힘들었지."

"어. 공감. 나도 데이트 약속 잡을 때 꼭 고려를 해야 하는데 그게 쉽지가 않더라고요. 몸 컨디션이나 환경에 따라 주기가 바뀐다고 하니까."

테러리스트는 곰인형 탈 안에 손을 집어넣고는 머리를 쓰다듬었어요. 아무래도 계면쩍겠죠. 자신이 납치해 온 남자의 여자친구의 생리—아니 슈퍼생리 이야기를. 그것도 그 여자친구는 일생의 숙적이라고 할 만한 그런 훼방꾼인데. 그런 사람의 생리적—아니 슈퍼생리적 현상에 대해서 하나하나 듣는 거니까.

"자네도 고생이 많아."

"고생이라뇨. 뭐. 연인 사이인데 당연히 서로 배려하고 살아야죠."

아니. 그보다 이 테러리스트가 테러만 일으키지 않아도 영자 씨 고생이 좀 줄어들 텐데요. 그러면 저도 영자 씨랑 다니기 편할 테고요. 저는 원망하는 눈초리로 곰인형 탈을 흘겨보았지만 테러리스트는 별로 반응도 보이지 않더군요. 탈 안의 표정이 보여야 뭐 감이 오는데.

"영자 씨의 비밀을 알게 되니까 그 이후로는 세상이 달라지더라고요. 무슨 사건이라도 터지면 언제나 영자 씨와 관련된 것은 아닐까 걱정되어서 기사를 찾아보고. 안부도 더 자주 묻게 되고. 어쩌다 홍양으로 활동하는 모습이 뉴스에 나오면 막. 가슴이 아파요. 차라리 내가 나가서 내가 대신 아팠으면 좋겠는데."

“학생. 정신을 차려. 그런 식으로 따라다니기만 해봤자야. 여자들은 언제나 배신한다고. 백날 천날 그렇게 잘 지낼 것 같아?”

역시 표정은 몰라도 목소리로는 안다니까요. 진짜 한심하다는 듯이 말하더라고요. 짜증도 꽤나 섞어서. 하지만 어쩌겠어요. 이렇게나 좋아하는데.

“물론 아니죠. 우리 사이가 언제나 잘 굴러가기만 한 것도 아니었어요. 생리가 슈퍼생리라는 점만 제외하면 다른 사람들이랑 다를 바도 없으니까요.”

“경각 씨. 진짜로 이럴 거야?”

“영자 씨. 이게 그렇게나 화낼 일이었어요?”

영자 씨가 홍양이라는 것을 알고 두 달인가 지나서였는데요. 그날 뭐 때문에 싸웠더라. 아. 그거. 근데 싸웠다고 하기도 좀 민망해. 실랑이에 더 가까웠죠.

여기서 말씀드리기는 좀 그렇지만 제가 배려를 못했고 영자 씨는 저처럼 둔하지 않으니까. 섬세하니까 좀 더 다른 걸 느꼈을 거예요. 아뇨. 까칠한 게 아니라 섬세한 거라니까요.

YY동 은행삼거리 앞이었거든요. 저는 가게에서도 아니고 길 위에서 이렇게 투닥거리니까 더 정신이 없었던 것 같아요. 다른 사람들이 보는데 이 문제를 해결은 해야겠는데 영자 씨가 왜 이렇게나 화가 났는지 이해는 못하겠고 어떻게 말을 해야 화가 풀릴지도 모르겠고.

그래서 그만.

음.

지뢰를 밟았죠.

아니다. 지뢰를 밟았다는 표현은 좀 부적절했네요. 아마 영자 씨라면 '경각 씨가 나한테 똥을 던졌지'라고 말을 할 것 같은데요.

"이쯤 해요. 오늘 피곤하시니까 이해할게요."

알아요. 안다고요. 내가요. 내가 못됐어요. 말 꺼내면서도 내가 못됐다고 생각했어요. 그리고 그 말을 들은 영자 씨의 얼굴이 홍양 때 두르고 다니는 붉은 천보다도 붉어지는 것을 보고서야 내 생각이 틀렸다는 걸 알았죠.

내가 엄청 진짜 무진장 되게 이루 말할 것 없이 못

됐다고요.

"야!"

"어, 네?"

"야! 노경각!"

은행삼거리를 지나는 모든 행인들의 시선이 한순간에 우리 둘에게 쏠렸지요. 아니다. 건물 안에 있는 사람들도 몇몇 정도는 창밖으로 우리를 봤을 거라 생각해요. 아저씨가 폭탄 테러를 저질렀을 때도 그날의 영자 씨와 비교하면 한가한 봄날 영국 정원의 티타임과 같았을걸요.

"내가 슈퍼생리 때 날을 세우는 건 맞지만 내가 날을 세우는 때가 전부 슈퍼생리 때는 아니거든?!"

"어…."

"가! 가라고!"

"저…."

"안 가? 네가 안 가면 내가 가!"

영자 씨는. 바로 자해공갈이라도 할 작정인가 싶을 정도로 갑자기 도로에 뛰어들어 택시를 잡고는 그 길로 가버렸죠. 영자 씨가 참. 언행일치는 확실해요.

"넌 진짜 글렀다."

"아저씨…."

"학생은 진짜 글렀어."

거참. 이제야 테러리스트의 주장에 동의할 만한 내용이 나왔네요. 저도 제가 참 글렀지 싶거든요. 테러리스트는 곰인형의 탈을 바둥거리다가 아예 그 털 달린 팔을 들어 가슴을 치기까지 하더군요.

"아이고. 아이고. 이 답답아. 사내 망신은 니가 다 시킨다. 어디 대한민국에 남성인권이 이렇게 떨어지는 게 괜한 게 아니야. 다 너 같은 녀석이 사나이 평균 체면을 다 깎아먹는다는 말이다."

"그래요. 제가 잘못했죠. 영자 씨한테 그렇게 말해서는 안 되는 거였는데."

"아니야! 그게 아니야!"

어디서 무슨 곰 같은 함성이 솟아나서 원. 제 고막을 강타하더군요. 테러리스트는 이제 제 어깨를 양손으로 쥐고 마구잡이로 흔들었어요. 와. 이 아저씨 진짜 답답한가 봐. 곰인형 탈 안에는 얼마나 침이 튀었을까 막 그런 걱정도 되고.

“여자가 그렇게 까불기만 하면. 어? 남자가. 어? 혼쭐을 내줘야지. 주도권이 너한테 있다는 걸 교육시키라고. 화를 내. 니가 떠나서 아주 그 계집애를 비참하게 버릴 수도 있다는 것을 증명하라고.”

“그렇게까지 매력적인 제안은 아닌데요… 그런 식으로 쉽게 헤어진다는 말을 꺼내는 상대방을 어떻게 신뢰할 수 있겠어요.”

“화도 못 내는 호구는 뭐 신뢰받을 줄 아나?”

“화는 내요. 화를 낼 만한 상황일 때는요. 필요할 때가 오면요.”

“있었어?”

“없었어.”

어쨌든요. 그날 저녁에 전화를 했는데 받질 않더라고요. 다음 날도 문자도 안 주고요. 실은 전날 만났던 게 우리 기념일에 뭐 할까 이야기하려고 했던 거였는데. 토요일에. 네. 그러니까 어제. 아저씨랑 처음 만난 그날이요.

말실수나 하고. 기념일에는 혼자고. 쓸쓸하잖아요.

이거 이대로 다 망하는 거 아닌가. 이렇게 좋아하는데. 이제 다 끝인 거 아닌가. 그런 걱정에. ZZ동에 아는 칵테일 바가 있어서 거기 가서 혼자 술이나 마셨죠. 그 칵테일바 꽤 괜찮거든. 옆에 방송국이 있는 거 알죠? 그래서 연예인들도 가끔 오고 막.

제가 워낙에 연애 초보라서. 또 술집도 초보라서. 살짝 취했죠. 학생 때에도 술은 잘 안 마셨거든요. 직장에서도 술 안 마신다고 오히려 좋아해줬고. 영자 씨랑 분위기 잡겠다고 가끔 바에 가거나 했을 때에만 한두 잔 마셨나?

"이백…."

"시인이요?"

"기념일이요."

결국 뭐 어쩌겠어요. 바텐더랑 노가리나 까야 했지요. 아무리 생각해도 바텐더는 술 팔아 돈을 버는 게 아니라 이야기 들어주는 걸로 돈을 버는 것 같아.

연애 상담 같은 거 원래 돈 주고 해야 하는 거거든요. 한탄하는 소리 듣고 어차피 뭐라고 해도 쥐뿔도 안 들을 조언도 하고 그거 친구라고 공짜로 해주면 그건 좀 아니야. 아저씨도 듣고 있잖냐고요? 에이. 아저씨가 해달라고 했잖아요.

"그래서. 올 것 같습니까?"

"에이. 에이이…."

기념일이니까. 원래 ZZ동 그 술집도 데이트 동선에 집어넣고 있었거든요. 그런데 혼자 술 마시니까. 와. 적적해서. 옆자리에는 아무도 없고 꽃다발만 있었어요. 언제 어느 때라도 영자 씨가 연락하면 꽃다발 들고 가려고. 사놨었거든.

"ZZ동 그 칵테일 바에서 기다린다고 문자 했는데요. 답장이 오기는 했네요. 그 술집 가지 마. 이렇게 그냥 한 줄 왔네."

"저런."

"언제나 나만 더 좋아한다니까요. 나만 짝사랑이야. 언제나 나는 일보다 뒷전이라고요."

"화가 단단히 났나 봅니다."

바텐더도 곧 다른 자리로 가더라고요. 손님도 없는데. 괜히 막 치우기나 하면서. 하기야. 내 이야기 들어봤자죠. 나도 해봤자고요. 진짜 중요한 비밀. 슈퍼생리 같은 이야기는 어차피 남들한테 하지도 못하는데. 속이 풀리나.

영자 씨가 의외로 꽃을 좋아해요. 예전에. 처음에 데이트할 때. 뭘 줘야 할지 몰라서. 그냥 아무 가게나 발 닿는 대로 들어간 곳이 꽃집이어서. 꽃을 선물했는데 막상 받을 때는 별말 없었는데. 그날 저한테 되게 잘해주더라고요.

이 사람이 말만 안했지. 나한테 무척 고마워했던 거예요. 그래서 나도. 기회가 있으면 있을 때마다 꽃 선물을 해주자고 다짐했는데. 어쩌면 이런 선물도 이게 마지막일지 몰라. 아니. 이 선물도 주지 못할지도 몰라. 이런 생각이 드니까. 술이 들어간다 쭉쭉 쭉쭉 쭉이었어요.

그런데. 비싼 돈 주고 마신 술이었는데. 술 확 깨는 일이 일어났지요. 네. 그거요.

쾅! 하고 무언가가 터지는 커다란 폭발음이 들리더니 술집 벽이 무너지고. 그 무너진 벽의 잔해 사이에는. 그때 그날처럼 달빛이 비치고.

또 그때 그날처럼. 그 달빛 속에는 아주 익숙한 붉

은색의 커다란 천을 휘감고서 당당히 선 영웅 하나가 있었지요.

"홍양…?"

"어이고, 죽겠다…."

"홍양?"

아닌 게 아니라, 홍양이었죠. 영자 씨, 연락은 받지 않았으면서, 기다린다는 문자에는 가지 말라는 답장만 줘놓고서, 연인인데, 기다렸는데, 이백 일이었는데, 그러든 말든 여전히 슈퍼히어로로서 열심히 활동 중이었던 거예요.

가게는 쑥대밭이 되었죠. 바텐더는 벽이 무너지면서 같이 넘어졌는지 기절했나 보더군요. 하지만 피를 흘리지는 않았고요. 게다가 그때 저나 영자 씨나 남 일에 신경을 쓸 정도로 그릇이 크지는 않더라고요.

"야! 너 오지 말라고 했는데 왜 와!"

"이미 왔었는데 그럼 그냥 가요?"

"위험하니까 오지 말라고 했던 건데! 뭘 또 미리 오고 그러는데!"

"꽃도 사고 그러느라, 또 일찍부터 영자 씨 기다리

는 게 좋아서 일찍 왔죠!"

붉은 천으로 얼굴을 가렸는데도 표정은 생생하게 읽히더라고요. 음. 그때 영자 씨 얼굴 새빨개서 진짜 화가 잔뜩 나 보였는데. 저는 저대로 심술이 나서 한마디 쏘아버리고 말았죠.

"영자 씨 슈퍼생리 아니라면서요?"

"그날 날이 선 이유가 슈퍼생리 때문이 아니라는 얘기지!"

그때. 나만 그럴 줄 알았는데. 영자 씨 눈에도 살짝 물기가. 맺혔더라고요.

"슈퍼생리였지만 슈퍼생리 때문에 화난 것은 아니었는데 슈퍼생리랑은 상관없이 화난 이유는 묻지 않고 슈퍼생리 때문에 화난 거냐고 물으니까 슈퍼생리랑은 상관없이 더 화난 거라고!"

그렇죠. 정론이에요. 제가 잘못한 게 맞았다니까. 그래도 그때까지는 어떻게 수습을 할 수 있을 것 같았는데.

영자 씨는 급히 배를 감싸며 그 자리에 주저앉고 말았어요. 슈퍼생리라고 생리가 아닌 건 아니니까. 언제나 아픔과 피로 속에서 정의를 위해 싸우고 마니까.

“어구구….”

“영자 씨….”

언제나 철벽무적의 홍양인데도 그 순간만큼은 주춤하더라고요. 원래도 슈퍼히어로 활동하면서 어지간해서는 잘 뛰지도 않는 사람인데. 그날 아저씨 때문에 빌딩 위로 허들 경주를 했다면서요.

힘들어하는 영자 씨의 모습을 보니까. 영자 씨가 슈퍼생리 때 얼마나 힘이 드는지에 대해서 묘사한 게 떠오르더라고요.

‘G. I. JOE 장난감 알지? 그러니까 그거. 애기들이 갖고 노는 군인 인형. 걔네 허리가 하반신이랑 고무줄로 이어져 있잖아. 슈퍼생리 때는 그 허리를 잡아 당겨서 고무줄이 꼬이도록 빙글빙글 돌리는 그런 느낌이야. 물론 산 채로. 내장을 꽈.’

그런 이야기가 떠오르니까. 또 그런 모습을 보니까. 방금까지 한껏 삐져 있던 제가 참 못나 보이기도 하고. 미안하기도 하고. 그래서 그만. 저는 또다시 실수를 저질렀죠.

"영자 씨. 슈퍼히어로 일을 쉬면 안 되나요?"

망했죠.

"내가 이렇게 생겨먹었는데 나더러 어쩌라고?!"

한 번도 그런 모습 보인 적 없었는데. 영자 씨의 그 폭발하는 목소리라니.

화를 참지 못해서 파르르 떨리는 어깨라니.

"아파. 아파 죽겠어. 피가 모자라는 느낌 알아? 생리가 피가 다 빠져나가는 거잖아. 아니. 다 빠져나가는 것도 아닌데도 엄청 힘든 거잖아. 현기증이 계속 나거든. 상시 빈혈이야. 보이지 않는 누군가가 계속해서 내 배를 때리는 기분이야. 내 내장이 스크류바처럼 비비 꼬이는 기분이라고."

영자 씨는 배를 양손으로 감싸고는 속사포처럼 말을 쏟아냈어요. 그 표정은 배신감 때문인지 아니면 복통 때문인지 일그러져서. 아마 둘 다였겠지 싶은데. 그 아픔을 다 게워내려는 듯이 안간힘을 쓰며 말하는 모습이. 안쓰러워서.

"생리 일주일 전에는 생리가 오는 거 기다리느라 멘탈이 무너져. 너도 언제 곧 누가 네 배를 때리면서 내장을 비비 꼬러 올 거라 생각하면 멘탈 무너지잖아. 그렇다고 생리 터지면 좀 나아지냐고? 아니야. 일주일 동안은 일단 터졌으니 안심은 되는데 너도 누가 네 배를 때리면서 내장을 비비 꼬고 있으면 아프잖아. 나도 그래. 그래서 피지컬이 무너져."

"영자 씨…."

"한 달에 이 주는 이러고 살아. 이렇게 살아왔고 이렇게 살 거야. 한 번이나 두 번이 아니라 앞으로 몇십 년 쭉 이럴 거야. 있지. 경각 씨. 나도 이런 거 하기 싫어. 그런데 해야 해. 왜냐고? 해야 하거든. 이게 나거든. 내 힘으로 구할 수 있는 사람들. 구할 수 있었던 사람들. 그 사람들을 일일이 외면해서 평생 도망칠 수가 없거든."

그때 바로 사과를 해야 했었는데.

"으하하하! 홍양! 여기에 있었군… 자! 승부를 계속할까?"

나이스 타이밍이라면 나이스 타이밍이라고나 할지. 그 순간에 등에 달린 로켓 분사기로 하늘을 나는 커다란 곰인형을 타고 있는, 곰인형의 탈을 쓴 테러리스트가 칵테일 바의 뚫린 벽 너머로 나타났죠. 네. 아저씨요. 어쩌면 멘트가 그렇게 저렴해요?

그 이후야 아저씨가 더 잘 아시겠지만. 영자 씨는. 그러니까 홍양은. 아픈 배를 안고서는 어떻게든 일어나서 싸울 준비를 갖추었지요. 그야. 정의의 영웅 홍양이니까. 슈퍼생리니까. 아니면 그냥. 그냥 그렇게 생겨먹었으니까.

"너 이따 보자."

홍양은 작은 목소리로 그렇게 읊조리고는. 진절머리가 난다는 듯이 고개를 젓고는 건물 밖으로 뛰쳐나갔죠.

"음. 그때 그렇게 된 거군."

"네. 반성 좀 해요. 아저씨가 싸우고 있는 사람이 얼마나 힘겹게 인류를 지키는지 좀 아시겠어요?"

"나야말로 인류를 지키는 사람이지. 너는 뭐 신뢰니 뭐니 말만 번드르르하면서 술이나 마시고. 어?"

"원래 믿음에는 알코올이 필요불가결한 거라."

이 변명에는 테러리스트도 웃더군요. 하지만 진심

이에요. 알코올 없는 믿음이 어디 있겠어요. 둘 다 일종의 도취라고요.

어느덧 장난감 공장의 창 너머로 달이 보이더군요. 아까까지는 보이지 않았는데. 시간이 지나고 달이 기울어서 그랬겠죠. 아. 기나긴 밤이었어요.

이야기는 거기서 그쳤어요. 뭐. 그 이후는 저보다 테러리스트가 더 잘 알걸요. 영자 씨. 그러니까 홍양이 테러리스트 장 회장과 싸우기 위해 건물 밖으로 나갔고. 저는 바텐더를 병원으로 보냈고. 테이블에 그날 마신 술값을 올려놨고. 술은 다 깨가지고 밖으로 나왔죠.

그다음에는 그냥 여기저기 들러서 뭐 좀 사다가. 저기 땅바닥에 떨어진 저 상자. 저거 사다가 집에 오는데 테러리스트 곰인형이 저를 두들겨 패고 차에다 실은 뒤 이 장난감 공장으로 포장배달을 해 이렇게 쇠사슬에 묶어놓았으니까.

테러리스트가 저에게 던질 질문은 하나도 남지 않은 셈이에요.

"아저씨. 마지막으로 뭐 하나 물어볼게요. 도대체

무슨 음모를 꾸민 거예요? 아무리 그래도 우리 어제가 이백 일이었다고요. 영자 씨가 그렇게까지 해야 했어요?"

"글쎄다. 내가 왜 장 회장이라고 불리는 줄은 알아?"

"장씨니까."

"아니야. 장난감협회 회장이거든."

테러리스트는 고개를 돌려 주변을 죽 훑어보았어요. 흠. 하기사. 이렇게 많은 장난감들을 보면. 또 이 장난감 공장을 보면. 거기다 곰인형 탈을 쓰고 다니는 투철한 영업 정신을 보면. 이 아저씨가 장난감협회 회장이라는 게 그렇게 이상한 일이긴 하네요.

장난감협회 회장님은 거창한 직책에 어울리지 않게 촐싹맞은 곰인형 탈 차림으로 거창한 연설을 시작했지요.

"요 근래 신생아 비율이 예전의 절반 이하로 떨어졌다는 것 알고 있나?"

"네. 뭐. 그렇죠."

"이게 다 젊은이들. 특히 젊은 여성들이 출산을 기

피하는 이기적인 삶을 선택했기 때문이야. 사회생활을 한다고 하면서 정작 사회의 가장 중요한 기능인 가정의 안정에는 전혀 관심도 주지 않고 있으니 어디 이 세상이 제대로 굴러가겠어? 아이들이 줄고 아이들이 갈 학교가 줄고. 이제 이 아이들이 커서 또 아이들을 적게 낳으면? 이 사회는 큰 위기에 직면한 거야."

"장난감도 덜 팔리고요."

"바로 그거야."

흠. 테러리스트의 논지치고는 조악하다 싶네요.

"그래서 내가 생각한 해결책이 무엇이냐. 바로 이 일산시에 있는 정부의 슈퍼컴퓨터와 방송국의 기자재를 이용해 여성들이 더 이상 이기적으로 굴지 않고 얌전히 이 사회의 노동력을 재생산할 수 있도록 임신 전파를 쏘아내는 것이지."

"어… 네? 뭐요?"

테러리스트는 자랑스레 양 어깨를 펴고는 건너편 방을 가리켰어요. 어두운 방에 무언가 점멸하는 불빛이 그제야 눈에 들어오더군요. 커다란 책장 비슷한 무엇이 즐비하게 늘어선 것이 보였어요.

"저건 바로 정부가 XX동에 숨겨놓은 비밀기지에서 훔친 슈퍼컴퓨터지. 그리고 그 옆방에는 ZZ동에 위치한 방송국에서 훔쳐온 전파발신 장치가 있어. 나의 독자적인 연구에 따른 인간 유전자지도에 대한 해석과 슈퍼컴퓨터의 계산능력만 있으면 수도권 근방의 모든 가임기 여성들의 난자가 자가분열하여 배아로 성장할 수 있는 특별한 신호, 즉 임신전파를 쏘아낼 수 있다는 이야기야!"

세상에나.

엄마야.

저는 그제야 영자 씨에게. 아니다. 홍양에게 마음 깊이 감사하게 되었어요. 이 매드 사이언티스트가 지금 수도권에 거주하는 국민의 절반을 동정녀 마리아로 만들려고 했다는 이야기잖아요. 그리고 그 수도권에 거주하는 국민의 절반에 가까운 수의 사생아를 만들려고 했다는 이야기이기도 하고요.

우리가 연인이 된 지 이백 일 기념보다는 중요한 일이 맞는 것 같네요.

"그리고 이 계획의 걸림돌은 그 여자. 홍양 정도밖

에 없었지. 어제 싸움 때도 그렇고 그 여자의 강인한 신체능력은 정말이지 내 과학기술을 총동원한 이 아이언베어 슈트로도 간신히 제압할 수 있을 정도였거든. 거의 호각이라고 해도 좋아."

테러리스트가 손목을 채찍처럼 휘두르자 손끝에. 그러니까 곰인형 탈의 앞발 끝에 날카로운 발톱이 튀어나왔어요. 도대체 장난감협회는 무슨 장난감을 만들고 다니는 건지.

"아저씨. 나 무섭게 왜 그러세요."

"하지만 학생의 이야기를 들어보니 크게 염려하지는 않아도 될 것 같군. 예전부터 짐작하기는 했지만. 생리 때만 힘을 쓸 수 있다고 했으니. 며칠만 기다렸다 작전을 실행하면 그만이니까 말이야."

한 걸음. 그리고 또 한 걸음. 테러리스트는 천천히 하지만 결코 멈추지 않는 느릿한 발걸음으로 그 큰 곰인형 탈 궁뎅이를 씰룩거리며 다가오더군요. 뭐. 이용가치가 끝났으니까. 테러리스트로선 당연한 결론이겠죠.

마지막이 다가오면 좀 더 극적인 생각이 날 것 같

았는데 별로 그렇지는 않더라고요. 그냥 좀 미안하더라. 내가 영자 씨한테 더 좋은 사람이 될 수 있었을 텐데. 이렇게 화를 내고 싸우고 그런 이별을 하지 않을 수 있었을 텐데.

조금 더 믿어주었다면 우리 사이도 달라지지 않았을까요? 영자 씨가 나를 비록 서운하게는 했을지라도. 나를 좋아하는 마음이 있으니까. 그럴 수밖에 없는 이유와 상황이 있었다고 믿고. 그냥 영자 씨는 그런 사람이니까. 생리이겠거니. 이런 식으로 제대로 대화하지도 않고 문제에서 눈을 돌리지 않았다면요.

테러리스트는 이제 제 눈앞까지 와서 팔을 높이 치켜올렸어요. 여기까지인가 보네요. 안녕. 내 잘못이었어요. 미안해요. 더 잘해주지 못해서. 제가 워낙에 연애 초보라서.

하지만 그때.

달빛 아래.

딸기향이.

"이 맛탱이가 간 곰탱이가 감히!"

홍양이.

커다란 붉은 천을 온몸에 감싸고 있는 슈퍼히어로가. 번개처럼 빠르게 달려와 테러리스트를 발로 차서 날려버리더군요.

"감히 내 남자친구를 이딴 똥통에 짱박아놓고서는 뭐하는 건데!"

"호… 홍양?"

"그래! 홍양이다! 나 홍양이야! 이 곰또라이 새끼가 미쳐갖고서는? 어, 내가 우습지? 내가 진짜 니 사지를 찢어버리지는 않을 것 같다 이거지? 다 됐고 다 꺼지라고 그러고 오늘 갈 데까지 갈까?"

홍양은. 그러니까 영자 씨는. 이미 쓰러진 테러리스트를 무자비하게 발로 걷어차기 시작했어요. 음. 앞으로 영자 씨한테 진짜 잘해야겠다 싶어요. 그게. 원래도 그렇게 생각은 했는데요. 특히 더 그렇게 생각하게 되네요.

테러리스트는 무자비한 폭행에서 벗어나려고 바닥을 질질 기어갔지만요. 음. 그게 될 상대가 아니더라고요. 영자 씨는 곰인형 탈의 머리 부분을 벗겨다가 테러리스트의 머리에다 던져서 맞혔어요.

"마… 말도 안 돼… 데이터에 따르면 홍양, 너의 힘이 이렇게나 강할 리가 없는데? 어제까지만 해도 이 정도로 강하지 않았는데 어째서 지금은…?"

"이틀째다, 씨발놈아!"

영자 씨의 외침에 테러리스트는 무슨 말인지 전혀 이해를 못한 것 같은데도 그 박력에 그만 그렇구나 넘어가더라고요. 저는 알거든요. 명복을 빌어주었죠. 이틀째라잖아요.

일방적 구타는 한 오 분 정도 진행되었나. 뭐 이 정도의 자력구제야 제 목숨이 왔다 갔다 한 상황이었음을 생각하면 정당방위라고 할 수 있겠지요. 테러리스트는 하도 처맞아서 이젠 곰인형 탈을 머리에 쓸 수 없을 정도로 얼굴이 부풀어 올랐더군요.

홍양은. 그러니까 영자 씨는. 피가 좀 묻기는 했지만. 아. 테러리스트의 피가 좀 묻기는 했지만. 화가 머리끝까지 난 나머지 얼굴도 좀 붉기는 했지만. 어디 다친 곳 없이 무사한 듯이 보였어요.

그리고. 영자 씨는 쇠사슬에 묶여 있던 저를 향해

천천히 걸어왔어요. 아주 짧은 침묵이 있었는데. 짧고 굵은 침묵이 있었는데. 그 표정은 어느 때보다도 더 딱딱하고 화가 난 듯이 보였어요.

"이건 뭐냐."

영자 씨는 제 발치에 놓여 있던 선물상자를 발로 툭 건드리고는 묻더군요.

"초콜릿 케이크…."

"웬 초콜릿 케이크?"

"초콜릿에 들어 있는 마그네슘이 생리하는 사람한테 좋다고 하길래요…."

"이런 거 먹으면 피부에 트러블 생겨."

영자 씨는 조심스레 제 손목에 묶인 쇠사슬을 끊어주었어요. 풀어준 것이 아니라 끊어준 것이 참 영자씨답다고나 할까요. 그제야 저는 안도의 한숨을 내쉬고는 저릿한 손목을 주무르며 쉴 수 있었지요.

하지만 영자 씨의 얼굴은 언제나처럼 그저 굳은 표정일 뿐이었는데요.

"할 말 없냐."

"잘못했어요."

"뭘 잘못했는데."

"제가 잘못한 일을 영자 씨가 슈퍼생리라서 과민하게 받아들였다고 말한 거랑. 또 영자 씨는 슈퍼생리일 때도 힘든 몸을 이끌고 정의를 위해 지내기로 선택했는데 걱정된다면서 영자 씨의 선택을 존중하지 않은 거요. 그 외에도 또 많은데…."

"됐고."

"네."

"앞으로 다시는 그러지 마라."

저는요. 진짜 바보더라고요. 영자 씨의 굳은 표정은요. 언제나 떨리는 어깨를 붙잡기 위해. 울먹거리는 목소리를 지우기 위해 억지로 지은 표정이었다는 걸. 그제야 깨달았으니까요.

"경각 씨한테 무슨 일이라도 생기면 다 죽여버릴 테니까. 진짜로 누가 됐든 뭐가 됐든 눈앞에 보이는 사람들 모두 다 죽여버리고 죽이고 또 죽인 뒤에 더 죽일 사람이 없으면 나도 따라 죽어버릴 테니까."

"무서운 말씀 하시긴."

"앞으로는 문자에 답장 잘 할 테니까."

"네."

"다시는 그러지 마라."

"네."

조금만 더 멋있는 대답을 해줬다면 좋았을 텐데. 막상 떠오르는 것도 없고 해드릴 것도 뭐 없더라고요. 이래서 연애 초보는.

그래서 이 여자와. 아무리 힘들더라도 다른 사람들을 위해 싸우는 이 아가씨와. 겉으로는 총을 맞아도 끄떡없는 무적의 초인이지만 속으로는 그저 아픔만을 안고 있는 이 슈퍼히어로와. 한 달에 한 번은 특히 더 예뻐지는 나의 영웅과. 영자 씨와.

조금씩 떨림이 잦아드는 숨소리를 들으면서. 터질 것 같던 심장 소리가 작아지는 것을 느끼며. 이 세상이 전부 다 끝이 나더라도 티끌만큼도 신경이 쓰이지 않을 그런. 입맞춤보다도 따스한 포옹을 했답니다.

✷

주폭천사괄라전

"개저씨입니까?"

"아니다, 슈퍼개저씨다…."

"농담입니까, 진담입니까?"

그때 대답까지 들었으면 더 좋았을 텐데 말입니다.

다급한 목소리에 딴생각을 멈췄습니다. 아니, 딴생각을 멈춰서 다급한 목소리를 들을 수 있게 된 것일지도 모르겠습니다. 잠시 그날의 기억이 떠올라서 한눈을 팔았는데, 이런 상황을 자주 접하지 못하다 보니 집중이 잘되지 않았던 것 같습니다.

"여자분이 지금 제정신이 아니거든요."

나이가 느껴지는 목소리. 나이가 느껴지는 얼굴. 나이가 느껴지는 뱃살. 낡은 정장 차림에 색이 바랜 뿔테 안경까지. 이 중년의 형사님은 제가 잠깐 대화의 맥을 놓친 것을 눈치채지 못하셨습니다.

"지금 여자분의 보호자가 될 수 있는 사람은 선생님뿐입니다. 그렇지 않으면 여러 사람이 죽을 수도 있어요. 아시겠어요?"

저는 한숨을 푹 쉬고 편의점 안을 둘러보았습니다. 평범하게 상품 관리하고 진열하고 손님 받고 계산하는 이 공간이 어느새 즉석 취조실이 되었다는 현실이 믿기지가 않았기 때문입니다.

새벽 시간, 야식을 찾아 헤매는 동네주민들의 식량 배급소와 급히 돈을 인출해야 하는 옆 가게 손님을 위한 ATM 그리고 지역치안에 보탬이 되기 위해 24시간 CCTV를 돌릴 수 있는 합법적 핑계의 역할을 담당하는 공간인 이 평화로운 편의점에 형사님이 들이닥치는 일은 확실히 흔하지 않은 일이니까요.

평소에 계산대를 사이에 두고 나누는 대화야 다 뻔

한 것들 아니겠습니까. 얼마냐. 젓가락 어디 있냐. 잔돈 없다. 숟가락 달라. 담배 달라. 발기부전 경고문이 박히지 않은 담배로 내놔라. 그러니 형사님이 들이닥친 이 흔치 않은 상황에 누군가의 목숨이 달린 일이라는 대화까지 하다 보니 당황하지 않을 수가 없었습니다.

"남자친구인 선생님께서 여자분을 말려주셔야겠습니다."

그것도 제 연인과 관련된 사건이라면 더더욱 그렇지 않겠습니까? 저는 우선 계산대 밖으로 나갔습니다. 지갑과 열쇠를 챙기고서. 또 큰 봉투 하나를 꺼내 들고서.

다음으로는 매대의 상품들을 이것저것 챙겼습니다. 사탕. 요거트. 과일. 생수. 숙취해소제. 대부분 빠르게 당분과 탄수화물 그리고 수분을 섭취할 수 있는 종류의 음식물들이었습니다.

"도와주시겠어요?"

"노력하겠습니다. 봉투 안에 든 먹거리들이 필요해서 챙겼습니다."

형사님은 조금 어이가 없다는 듯 미간을 찌푸렸습니다. 어쩔 수 없는 노릇이었습니다. 지금 상황을 이해하지 못하신 것 같았으니까요.

"지금 상황을 이해하지 못하신 것 같은데요."

제 입에서 나온 이야기가 아니라 형사님의 입에서 나온 이야기였습니다. 그분은 무슨 드라마에 나올 법한 경찰처럼 큰 목소리로 저에게 고함을 쳤습니다.

"저는 지금 제 재량으로 찾아뵌 거예요. 정식 절차도 밟지 않았고 기록도 남기지 않을 거고요. 그러니 선생님, 선생님도 절 믿고 여자친구분이 초인 꽐라라는 사실을 받아들이시고, 도시를 박살 내는 상황을 막아주시라는 거예요. 이제 좀 감이 오세요?"

"꽐라?"

"예, 꽐라."

아아, 세상에나. 이 사람들이 그 상태를 꽐라라고 부르고 있다는 사실을 그제야 알았습니다. 스케일에 어울리지 않게 귀여운 표현이라 살짝 웃음마저 날 뻔했습니다. 하긴. 영락없는 고주망태이기도 하시지요.

어쨌든. 그래서 이 홍알거린다는 여성이 누구시냐.

도대체 얼마나 대단한 여성이시기에 이렇게 경찰에서 저를 취조해가면서까지 그 뒤를 쫓고 있느냐.

아는 사람들은 얼마 없지만 21세기 최초로 대한민국 양주에 나타난 초인입니다. 슈퍼히어로인지 슈퍼빌런인지는 명확히 알려져 있지 않습니다만.

세상에는 도시전설 정도로만 여겨지고 있습니다. 추리닝 바람의 쓰레빠를 신고 다니며 온갖 행패를 다 부린다고 하는 그 사람. 그런데 그 주정의 스케일이 도시건설계획에 영향을 줄 정도라는 점에서 눈에 띄는 그 사람.

주폭천사 괄라.

"하지만 이렇게 주전부리를 챙기시는 걸로 도대체 어떻게 상황이 해결이 됩니까?"

"그거 이야기가… 꽤 길어집니다만."

저는 매대에서 모은 상품들을 결제해 봉투에 담은 뒤 어떻게 설명을 시작할까를 고민했습니다. 술로 인한 해프닝과 연애담이라는 것이 남이 들어서 재밌기 쉽지 않으니 말입니다.

이야기는 삼 개월 전, 현수 씨를 처음 만난 날부터 시작하겠습니다. 아, 현수 씨는 형사님이 꽐라라고 부른 사람의 본명입니다. 조현수. 저는 꽐라라는 호칭이 어색하니 현수 씨라고 부르도록 하겠습니다.

"손님, 괜찮으십니까?"

그날은 겨우내 강추위가 거짓말 같은 봄날이었습니다. 해가 지고 난 뒤 한참 지난 새벽이었지만 공기가 포근했습니다. 형사님도 경찰서에 계시니 잘 아시겠지만 이런 날씨에 편의점 일을 하다 보면 길가에 쓰러져서 자는 주취자들을 접하기 마련입니다. 더욱이 저는 부모님에게 편의점을 물려받아 명목상의 점주 노릇을 하느라 야간 시간대를 자주 맡았기에 특히 더 그러했습니다.

현수 씨는 올해 봄 대망의 노숙 첫 테이프를 끊은 주취자였습니다. 편의점 문에 쿵, 하고 부딪혀서 털썩, 하고 쓰러지시더군요. 가끔 가게에 오셨던지라 안면도 익은 분이어서 인사도 가끔 나누었는데 이렇게 길에 누우시니 안쓰러울 수밖에요.

정장 여기저기가 때가 타고 구겨지고, 화장도 다

번졌고. 측은지심이 들어 매대에서 숙취해소음료 하나를 계산해서 그분께 건네어드렸습니다.

"여기서 주무시지 마시고 댁에 들어가시지요. 제가 택시라도 잡아드리겠습니다."

"택시… 집… 다 싫다…."

"다른 사람에게 주소를 알리기 불편하시면 경찰이라도 불러드리겠습니다."

"경찰? 안 된다, 안 된다. 아저씨 진짜로 누구 잡을라꼬. 어? 내가 진짜… 진짜 내가 와 어 진짜 내가 진짜… 진짜…."

반복해서 자신의 실체를 증명하는 현수 씨의 대답에 저는 고민이 들었습니다. 정석적인 해법이 통하지 않는 상황이었으니까요. 택시를 부르기는 힘들었습니다. 아무래도 집주소를 알려주지 않으실 것 같기도 했고. 알려주시더라도 제가 제대로 알아들을 자신이 없었습니다.

경찰을 부르기는 더더욱 어려웠습니다. 형사님 앞에서 이런 말씀을 드리기도 참 그렇습니다만. 당시 현수 씨의 정장 곳곳에는 피로 보이는 붉은 액체가 묻어 있었습니다. 일단 옷 안에서 배어 나오는 것이 아닌 다른 사람의 피로 보여서 응급차를 부를 필요는 없어 보였습니다만 그래도 복잡한 사정이 있다는 것은 분명했습니다.

"실례가 되지 않는다면 경찰을 부르면 안 되는 이유를 여쭤봐도 되겠습니까?"

"아저씨 그게 내가 술만 먹으면 개가 되어서는… 멍멍이… 귀엽지… 세상에 나쁜 개는 없는데… 나는 나쁜 개저씨가 되어가꼬 그래서 다 처때려 개뿌사뿌니까… 합의금… 없다…."

"개저씨입니까?"

"아니다, 슈퍼개저씨다…."

"농담입니까, 진담입니까?"

아쉽게도 대답을 듣지는 못했습니다. 그때 사정을 잘 들었다면 일이 편하게 흘러갔겠지만 당시로는 어쩔 수 없었습니다. 현수 씨가 그만 고개를 푹 숙이고 코를 골기 시작했기 때문이었습니다. 술에 취해서 잠든 분께 계속해서 대답을 요청하는 것도 죄송한 일이지요. 어쨌든 주취자의 의견이기는 해도 당사자의 입장을 가장 잘 반영한 해결책을 고민했습니다.

저는 현수 씨를 업고 편의점 뒤편의 숙직실에 데려다 눕혔습니다. 다행히 혹시 모를 상황을 대비해 손님용으로 준비한 이불이 있었기에 깔끔히 모실 수 있었습니다.

편의점에 어울리지 않게 준비된 숙직실입니다만 나름 이것저것 갖다 놓은 것이 많았습니다. 조금 작은 원룸 정도니까요. 냉장고도 가스레인지도 있어서 평소 제가 새벽 근무를 하고 다음 타임 직원과 교대를 한 뒤 잠깐 눈을 붙이거나 식사하는 데 쓰는 곳입니다.

눕혀놓고 그 얼굴을 보니 립이 번지기도 했고 토사물도 묻은 것 같아 수건 하나를 데워 입가만 살짝 닦아드렸습니다. 다른 부분도 많이 번지긴 했지만 차마 다른 분의 화장을 제 마음대로 지우지도 못하겠어서 그 부분은 건드리지 못했지요.

뭐라도 해야겠다는 생각이 들어서 결국 간단히 상을 차렸습니다. 냉장고 안에 별로 든 것이 없어서 간단히 콩나물국을 끓인 뒤 계란을 볶고 기본 찬을 꺼내는 수준이었지만 말입니다. 그러고는 그 옆에다 간단하게 전후 사정을 적은 메모지와 숙직실의 열쇠 그리고 숙취해소음료를 하나 놓고 나왔습니다.

"무슨 여자가 그래?"

"현수 씨가 그렇습니다."

"아니, 제 이야기는. 여자분이 좀 그렇다는 이야깁니다."

현수 씨가 있는 현장이 제법 멀었기에 자세한 이야기는 가는 차 안에서 나누기로 한 상황이었습니다. 형사님은 차의 시동을 걸면서 불평을 늘어놓았습니다. 무엇이 어떻게 왜 그렇다는 것인지는 명확하게 명시하지 않은 불평이었습니다.

"이렇게 형사 일을 하다 보면 말이죠. 결국 사건이 터지는 데는 다 이유가 있다는 게 보여요. 보세요. 여자분이 어떻게 어, 그렇게. 그러시면. 그게 또 그렇고 그렇게 되고. 원래 다 그렇지 않습니까?"

"그렇습니까?"

"그렇다니까요."

하도 뭐가 그런 것인지 계속 그러시기만 하셔서 그런가 싶기만 한 대화였습니다만 다음으로 이어지는 맥락과 형사님의 기름진 표정을 보아 무슨 말을 하려고 했는지는 명확해졌습니다.

"하지만 뭐 그 덕에 득 보는 사람도 있으니…."

"누가 득을 봅니까?"

"아, 그야…."

기름진 표정은 삼겹살 구우면서 나온 기름이 담긴 종이컵을 원샷한 표정이 되었습니다. 제 얼굴이야 달라진 것 없었고요.

"선생님이 잘 모르시네."

"형사님은 벨트 안 메십니까?"

"새벽이라 괜찮아요. 경찰이 잡아도 뭐 지가 어쩔 거야. 선생님, 여자분 이야기로 다시 돌아가죠. 정말 선생님이 이 상황을 정리하실 수 있는 것 맞습니까?"

"제가 도움이 되는 것은 확실합니다. 어떤 상황인지도 얼추 짐작하고 있습니다."

다음 날 새벽 저는 편의점에서 현수 씨를 한 번 더

만났습니다. 전날과는 달리 한쪽이 술에 취한 만남은 아니었습니다. 현수 씨가 어제 너무 신세를 진 것 같다면서 과일 바구니를 들고 사과와 감사의 인사를 하기 위해 찾아오신 것이었습니다. 그렇게 대단한 일도 아니었는데 너무나도 미안해하셨지요.

이를 계기로 저와 현수 씨는 통성명을 하고 이전보다 더 자주 대화를 나누게 되었습니다. 결과적으로는 야식 동무가 되었고요. 늦게 일어나 야간업무를 하는 저나 술을 마시는 일이 잦은 현수 씨 둘 다 뭔가 새벽에 든든히 먹을 것이 필요했기 때문입니다.

편의점에서의 야식이라고 하지만 정작 가게 상품은 잘 먹지 않았습니다. 숙직실을 차려놓은 목적부터가 부족한 잠을 채우기 위해서도 있었지만 제대로 밥을 차리고 먹을 공간을 마련하기 위해서도 있었습니다. 언젠가부터 저와 현수 씨의 한 끼 식사를 준비하는 일과가 더해졌습니다.

아뇨, 어려운 일이 아닙니다. 한 명 먹을 양을 차리는 때와 두 명 먹을 양을 차리는 때의 품이 크게 다르지 않으니까요. 더욱이 현수 씨는 요리 재료를 사들고 오셔서 메뉴가 더 풍성해지기도 했습니다.

이유요? 궁금하지 않았습니다. 마시면 마시는 것이고 마시지 않으면 마시지 않는 것이니까요. 현수 씨가 그렇게 술을 즐기는 타입은 아닌 것 정도는 알게 되었습니다. 매대에 놓인 술병을 바라보는 눈빛에 애정이 전혀 느껴지지 않았으니까요. 그래도 필요 이상의 정보는 상대방이 먼저 말을 꺼내지 않는 한 굳이 제가 캐물어야 할 이유가 없지 않습니까?

말씀하신 대로 필요가 생길 수야 있겠습니다. 하지만 같이 지내다 보면 필요가 생길 수 있는 만큼이나 상황을 짐작하게 되는 계기도 생기기 마련 아니겠습니까. 저와 현수 씨가 그랬던 것처럼.

"내 무시하나."

그 계기가 되는 날도 저는 새벽의 편의점 계산대 앞에 앉아 작업을 하고 있었습니다. 하지만 자꾸 밖에서 소란스러운 소리가 나서 집중이 되지 않았습니다. 그래서 편의점 유리문 너머 바깥을 바라보니 그곳에는 전봇대와 시비가 붙은 현수 씨가 있었습니다.

"지금 내 무시한다이가. 왜 대답을 안 하노. 왜 자

꾸 씹는데? 우끼나?"

굳이 분류하자면 희극적인 장면에 가깝기는 했습니다. 하지만 너무나 흔하게 나오는 장면이기도 해서 그렇게까지 우습지는 않았습니다. 저는 현수 씨가 전봇대에 주먹질이나 드잡이질을 해서 다치시진 않을까 걱정이 되어 밖으로 나갈 준비를 했습니다.

하지만 그때 무언가가 쾅. 쾅. 쾅. 하고 부서지는 소리가 세 번 들린 뒤 끼이익. 기우는 소리가 이어진 다음 쿵. 하고 떨어지는 소리로 마무리가 되었습니다. 현수 씨가 전봇대에 주먹질을 해서 쓰러뜨린 것이었습니다.

아시겠지만 주취자가 전봇대에게 시비를 거는 상황은 보기 드문 풍경은 아닙니다. 그런데 그날 제가 본 것은 주취자가 전봇대에게 시비를 걸어서 이기는 상황이었습니다. 그 흥미로운 상황을 연출한 현수 씨는 자신을 무시하던 전봇대에게 본때를 보여줬다는 생각에 뿌듯했는지 가슴을 쭉 펴고 편의점을 향해 비틀거리며 걸어왔습니다.

"애미 왔다. 문 열어라."

"현수 씨?"

"그래, 내다! 현수다. 도민 씨. 내 현수다… 아마… 맞제?!"

"맞습니다."

"어휴 똑똑하데이! 머리 짱 좋네! 똑띠네 똑띠! 오구구구 도민이 우리 강아지! 집 잘 지키고 있었나? 어?! 용돈 주까? 까까 먹을래? 까까 먹자! 까까! 까까까까!"

여기서 도민은 제 이름입니다. 편의점 안에 들어온 현수 씨는 얼굴의 화장이 번진 데다 흐트러진 정장 차림에 검은 비닐 봉다리를 들고 계셨었지요. 네. 비닐 봉투가 아니라 비닐 봉다리. 이 차림새는 제법 의아한 모습이었습니다. 현수 씨가 만취해서 편의점에 오는 날은 대부분 해진 추리닝을 고집하셨는데 그날은 처음 만난 날처럼 여기저기에 뭐가 묻은 정장 차림이었으니까요.

어쨌든 그날 현수 씨는 뭐가 그렇게 즐거운 것인지는 모르겠지만 하여튼 기분이 좋아 보였습니다. 계속해서 웃으며 제 양 볼을 무참하게 짓이기고 마구잡이로 꼬집은 뒤 매대에서 과자들을 쓸어다 계산대에 던졌으니 기분이 좋으셨던 것이 맞겠지요.

"과자는 좋아하지 않으니 마음만 받겠습니다. 오늘은 평소보다 더 취하신 것 같은데 숙직실에서 주무시겠습니까?"

"자라꼬?! 도민 씨 내 자까?!"

"주무시고 싶으면요."

"내 잔다! 잔다에 한 표 던집니다!"

"그러면 지금 문 열어드릴게요."

"현수 선수~ 입장합니다! 유후!"

현수 씨는 만세를 하는 포즈로 총총 뛰어 숙직실 안으로 들어갔습니다. 저는 현수 씨가 아동 교육 프로그램에 나올 법한 율동을 반복하는 사이 손님용 이불을 바닥에 깔았고요.

다음으로는 주무시는 현수 씨의 얼굴에 번진 화장을 말끔히 지웠습니다. 네. 만취하실 때가 몇 번 있으셔서 사전에 합의를 봤습니다. 그대로 자면 현수 씨 피부에도 안 좋고 이불에도 화장이 묻으니까요.

어쨌든 저는 현수 씨가 잠드신 것을 확인한 뒤 계

산대에 던져진 과자들을 정리하러 편의점으로 돌아갔습니다. 그리고 그때 현수 씨가 들고 오셨던 검은 비닐 봉다리가 땅에 떨어진 채 내용물을 쏟아낸 것을 발견했습니다.

봉다리 안에 든 것은 서류 몇 가지와 마킹이 된 지도 여러 장이었습니다. 자세히 살필 생각이 없었으니 서류의 내용은 아직도 모릅니다만 지도만큼은 어디가 왜 표시되었는지 알 수밖에 없었습니다. 그 지도는 저와 현수 씨가 사는 양주시의 시내지도였고 붉게 마킹된 건물들은 편의점이거나 편의점에 유통하는 업체들, 그중에서도 요 몇 달 지역신문에나마 작게 화재나 붕괴 등의 다양한 사고 기사가 올라왔던 곳들이었으니까요.

아침에 일어난 현수 씨는 전날 있었던 일을 전혀 기억하지 못하셨습니다. 그저 평소보다 더 취한 모습을 보인 것 같다면서 미안해하신 정도가 전부였습니다. 쓰러진 전봇대는 시에서 나온 사람들이 나중에 새로 세웠습니다. 공사가 진행되는 동안 잠시 주변 일대의 전기가 단전되었던 것 외에 큰 피해는 없었습니다.

"과연… 전봇대도 부수는 슈퍼파워에 사건현장이 표시된 지도라. 어딘지 알 거 같네. 양주가 양주다 보니 지상파에서는 잘 다루지 않지만 동네통들은 알거든. 몇 군데는 일부러 축소해서 보도하라고 시키기도 했으니까."

"축소되었다고요?"

"예. 아무래도 사안이 크잖아."

형사님의 미간에 다시 주름이 잡혔습니다. 이게 방금 신호등을 무시하고 액셀을 밟은 탓인지 사건에 대해 회상하는 탓인지는 알 수 없었습니다. 아마 빨간불을 무시한 게 이제까지 다섯 번째였으니 후자일 가능성이 높아 보입니다만.

"지도에서 보신 곳 어딘지 내가 맞춰볼까? 불곡산이랑 마전동이죠. 그죠? 지도에 표시된 다른 데는 모르겠는데 여기는 확실할 거야. 불곡산에 산불 있었죠? 차라리 산불이면 우리도 편했어. 그리고 마전동에서 화약고가 터졌다고 뉴스 나왔잖아. 화약이 터지긴 했어요. 화약고가 아니라 권총, 기관총에 든 화약이 터진 거지만."

저는 그저 고개만 끄덕였습니다. 불곡산과 마전동. 모두 현수 씨의 지도에 표시된 장소들이 맞았기 때문입니다.

"듣자 하니까 지도에 편의점들 있었다는 걸 봐서는 여자분이 아마 역순으로 탐색을 하신 것 같은데… 편의점에서 유통업체 그리고 공장으로 쭉 역순으로다가… 여자친구가 예전에 하던 일이 뭐예요? 사설탐정이나 보험조사원 뭐 그런 거?"

"모릅니다."

"여자친군데, 그런 것도 몰라?"

"알 바 있나요?"

형사님은 어이가 없다는 듯이 웃었습니다.

"아니, 이런 부처님 가운데 토막에 세상 소 닭 보듯 사는 양반이 여자는 어떻게 사귀게 된 거야? 어디 약점이라도 잡았어요?"

약점을 잡아서 사귄다면 그건 사귀는 게 아니지 않습니까? 애초에 현수 씨와 만나는 이유는 평범합니다. 서로 관심사가 비슷했으며 생활 반경이 겹치는

데다 대화가 잘 통했다는, 여느 커플과 마찬가지의 과정을 밟았으니까요.

물론 초인인 현수 씨와 초인이 아닌 저 사이의 관계에 있어 평범하지 않은 상황이 아주 없지는 않습니다. 특히 사귀게 된 이유가 남다르지 않았던 것과는 달리 사귀게 된 계기는 조금 남달랐습니다.

"야."

"네, 손님."

"여자 데려와."

"지금 점원은 저 하나뿐입니다. 무슨 일이십니까?"

"됐고 여자 데려오라고."

그날은 평소보다 조금 늦은 시간에 남성 주취자가 찾아왔습니다. 현수 씨와는 달리 보다 더 공격적인 태도의 취객이었습니다. 반백 살 정도 되지 않았을까 싶은 연배에 흡연 여부를 알아볼 수 있는 거무튀튀한 피부 그리고 적의를 담아 한껏 찡그린 눈매. 어디 공장에서 찍어내는 것일까 싶을 정도로 익숙한 분이기도 했습니다.

하지만 저는 그분의 행색에서 위화감 또한 느꼈습

니다. 아시다시피 저는 편의점 점주에 새벽 파트 담당이지 않습니까? 그런 만큼 취객분들이 많이 익숙합니다. 그리고 이런 분들은 대부분 추상적이고 불투명한 분노를 쏟아내시고는 합니다. 그런데 당시 제 앞에 서 계시던 그분은 보다 구체적이고 투명하게 저를 향한 적대감을 보이셨습니다.

"새끼가 눈 똑바로 떠?"

찰싹, 하고 제 뺨도 때리시더군요. 눈을 똑바로 떠서 때렸다는 것인지 똑바로 뜨지 않는다고 때리는 것인지 구분하기 어려운 꾸중과 함께 말입니다. 사실 그분도 자신이 뭐에 불만인지 명확하지 않으셨으리라 짐작합니다. 일단 저에게 시비를 걸겠다는 의도가 컸으니까요.

다른 때라면 자리에서 빠져나와 경찰을 불렀을 텐데 상황이 그렇게 녹록하지가 않았습니다. 편의점 창밖 너머로 제 뺨을 때린 사람들과 비슷한 행색의 주취자가 대여섯 무리를 지어 모여들기 시작했던 것입니다.

방금 맞은 뺨도 어딘가 이상했습니다. 충격의 아픔

보다는 화상을 입은 것처럼 후끈거렸기 때문입니다. 아니요. 엄살이 아닙니다. 심한 고통은 아니었지만 어디에 맞아서 생긴 아픔이 아니라 무슨 약품에 닿았을 때의 아픔이었다는 이야기입니다.

"야. 너 여자 있지?"

"네?"

"여자 꼬불쳐놨잖아! 여자 내놔."

"계속 이러시면 경찰을 부르겠습니다."

여기까지 힌트를 주는데 상황을 모를 수야 없었습니다. 술을 좋아하지 않는데도 자주 취해서 저를 찾는 현수 씨. 현수 씨의 현수 씨가 아닌 다른 누군가의 피가 묻은 옷. 사건현장이 표시된 지도. 새벽에 편의점을 찾아와 여자를 찾는 위협적인 취객의 무리. 이유야 알 수 없지만 이들의 표적이 현수 씨라는 것은 분명해 보였습니다.

취객은 비틀거리면서 편의점 뒤편의 숙직실을 향해 걸어갔습니다. 그리고 하필 그날은—아니, 어쩌면 처음부터 알고 왔을 수도 있겠지만—현수 씨가 조금 이른 시간부터 숙직실에서 주무시던 날이기도 했습니다. 저는 언제라도 비상벨을 누를 수 있도록 손에 들고서 계산대 밖으로 나가 그분을 만류했습니다.

"손님. 안에 들어가시면 안 됩니다."

"이 새끼가 어디서 감히… 야, 점장 불러! 내가 여기 점장이랑 죽마고우니까, 걔 불러봐!"

"제가 점장입니다."

"… 아닌데? 나이도 어린 새끼가 지금 어르신 앞에서 어디서 거짓말이야, 어?! 됐으니까 어서 여자나 불러. 여자 나오라고!"

"마! 여자다!"

네. 여자 나왔습니다. 현수 씨가 나왔습니다. 얼굴에는 수면안대. 오른손에는 반쯤 남은 소주병. 왼손에는 새우깡. 법과 정의를 수호하는 양주시의 유스티티아. 이제 와서 말씀드리기도 그런데 현수 씨 같은 슈퍼히어로한테 꽐라라는 호칭을 붙이신 것은 부당하지 않습니까?

알겠습니다. 본론으로 돌아가겠습니다. 어쨌든 그날 현수 씨는 숙직실에 들어가 주무시기 전까지 그렇게 취한 상태는 아니었습니다. 풍기는 술 냄새나 붉게 달아오른 얼굴을 감안하면 아마 방금 소란 때문에 깨어나 재빠르게 소주로 나발을 분 것이 아닐까 짐작되었습니다.

"어디 여자가 주무시는데 사내놈이 마 시끄럽게 꺅꺅거려쌌노?! 어?!"

"이게 나이도 어린 계집애가 어?!"

"손님. 그만하십시오."

"됐으니까 자기는 빠져."

현수 씨는 주취자와 현수 씨 사이에 끼어드려는 저를 뒤로 물렸습니다. 주취자의 '어?!'에는 도대체 어떤 의미가 담긴 것인지 모르겠지만 현수 씨와 취객은 어?! 어?!거리면서 자연스럽게 편의점 밖으로 나가 한판 붙을 준비를 했습니다. 저도 어떻게든 두 사람을 중재하기 위해 그 뒤를 따랐습니다.

밖으로 나가니 다른 주취자의 무리도 자연스레 두 사람을 에워쌌습니다. 합리적으로 생각하면 현수 씨는 제 편의점을 난장판으로 만들지 않기 위해, 취객은 바깥의 한패들과 합류하기 위해서 밖으로 나가기로 결정한 것이겠습니다. 하지만 이 결정이 두 분이

합리적으로 생각하고 내린 결론인지 아니면 일단 술을 마시고 싸우려면 밖에 나가야 한다는 사회 관례를 무의식적으로 따른 결론인지는 아직까지도 잘 모르겠습니다.

"너 몇 살이야? 내가 집에 가면 너만 한 딸이 있어! 그건 알아? 어?"

"내가 니 애민데 무슨 내만 한 딸이 있다쿠노? 어?! 남에 나이 궁금하면 니 민증부터 까봐라!"

"어처구니가 없네. 야. 기다려봐. 야. 들었냐? 내가 진짜 어, 어이가 없어서. 깐다. 내가 까니까 너도 시발 까라."

둘 다 외견만으로도 법적 성인연령에 도달했음은 어렵지 않게 구분할 수 있었습니다. 하지만 두 사람은 마치 서로의 나이야말로 상대방을 꺾을 수 있는 비장의 무기라는 식으로 굴며 주머니에서 지갑을 찾아 주민등록증을 꺼냈습니다.

"깠나? 깠드나?"

"깠다! 야! 봐라! 봐라! 너 범띠 밑이면 진짜 내 손에 죽는다, 민증 어서 깝?!"

취객이 의기양양하게 주민등록증을 현수 씨의 얼굴 앞에 들이대려는 찰나, 현수 씨는 퉷, 하고 취객의 눈알에 침을 뱉은 뒤 쉭, 하고 새우깡을 던져 얼굴에 맞히고는 펑, 하고 취객의 명치를 강하게 발로 차 십 미터 멀리로 날려버렸습니다. 주변에 모인 사람들은 갑작스레 일어난 상황을 곧장 이해하지 못한 듯했습니다.

"까기는 무슨… 좆이나 까무라."

현수 씨는 희희희 웃으며 양손의 엄지를 검지와 중지 사이에 끼우고 흔들었습니다. 분노한 취객의 무리가 현수 씨를 향해 덤벼들자 현수 씨는 태평하게 그 사람들을 때리고 차고 던져서 제압했습니다. 제가 끼어들 틈도 없이 아주 짧은 순간에 초인적인 힘을 발휘해 상황을 정리했던 것입니다. 그리고 상황이 다 정리된 뒤에는, 상황을 뒤집어 열심히 상대방을 두들겨 팼습니다.

어렸을 적에 아버지에게 어른들은 왜 술을 마시냐고 여쭤본 적이 있습니다. 아버지는 술을 마시면 현실의 고통을 잊고 이 세상에서 벗어난 기분이 들기 때문이라고 대답해주셨습니다. 아마 제 눈앞의 취객들도 현수 씨의 주먹질 앞에 현실의 고통이라고는 믿을 수 없는, 이 세상에서 벗어난 기분이 드는 초현실적인 고통 속에 이 세상에서 벗어나 저 세상에 가는 기분이 들었겠지 싶었습니다.

"가라! 가라꼬! 또 오면 뒤진데이! 내 니 딱 봤다! 딱 봤다고!"

주취자 무리들 중 그나마 몸이 성한 사람 둘이 쓰러진 다른 동료들을 들쳐 메고 허겁지겁 저 멀리 도망쳤습니다. 한 명이서 두세 사람을 챙기는 모습을 보니 그 사람들 역시 현수 씨만큼은 아니지만 힘이 무척 세다는 것을 알 수 있었습니다.

"후…."

"현수 씨, 괜찮으십니까?"

저는 위풍당당하게 주취자 무리가 도망치는 모습을 바라보는 현수 씨 곁으로 달려갔습니다. 전봇대를 부수던 사람이니 사람을 부수는 것은 특별한 일이 아니었으리라 싶었지만 그래도 걱정을 하지 않을 수도 없었으니까요.

"왔나."

"읍?!"

제가 현수 씨 곁에 도착한 순간 현수 씨는 제 가슴팍에 손을 묻었습니다. 저는 예상치 못한 신체적 접촉에 놀라고 말았습니다.

"현수 씨?"

"뭐."

"지금 제 가슴을 만지고 계십니다."

"어허, 얌전히 있어봐라. 어른이 우리 아 얼마나 컸는가 잠깐 확인만 해보는 거다."

"저는 다 자랐습니다."

"아니 자기는 뭐 꿈에서도 그렇게 말투가 딱딱하노? 도민 씨 가슴도 딱딱하니까 내가 봐주긴 하겠는데 마 자기 그러는 거 아니다. 내가 방금 어 악당들이 막 그래가꼬 그래했다이가. 내가 그래서 확 마 해가꼬 팍 어 그래 날려가지고 막 하고 했다이가. 맞제? 맞나 안 맞나? 그러면 꿈에서 이렇게 일이 진행이 어 됐으니까 컨텍스트적으로다가 다음 결말로 결말로 그거 해야 되는 거 아니가, 그거. 그렇다이가."

현수 씨는 으히히 웃으면서 제 가슴을 계속 조물락거렸습니다. 그러고는 얼굴을 제 가슴에 파묻고 심호흡을 하셨습니다.

"꿈에서라도 진도를 빼야지 내가… 어차피 깨면 만지지도 못할 거… 있어봐라 좀."

"꿈 아닙니다."

"그래, 꿈 아니다. 그러니까 이따 깨면 보기만 하지 만지지도 못한다이가."

"꿈이 아닙니다."

"아니기는 무슨… 이렇게나 단단한 가슴이 현실에… 있을 리가… 음… 현실에… 어…."

현수 씨는 고개를 천천히 들고는 제 두 눈을 똑바로 바라보았습니다. 그리고 소주 반병을 한 번에 원샷했던 방금보다도 훨씬 더 붉은 빛으로 얼굴을 물들였습니다.

"있습네요…?"

"여기요, 선짓국 두 그릇이랑요. 맞다. 도민 씨?"

"네. 먹겠습니다."

"그렇죠? 그럼 선짓국 세 그릇이랑 수저 두 벌 갖다주세요."

여러 가지 방면에서 서로에게 충격을 안겨다 준 사건을 정리한 뒤 저와 현수 씨는 근처 24시간 국밥집으로 자리를 옮겼습니다. 근무를 교대할 시간은 되지 않았었지만 말입니다.

현수 씨는 고개를 푹 숙인 채 저와는 눈도 마주치지 않고 조용히 식사를 하셨습니다. 귀까지 빨개지셨는데 부끄러움이 가시지 않으셨기 때문인지 취기가 가시지 않으셨기 때문인지는 잘 구분이 가지 않았습니다.

"우선… 죄송합니다. 술에 취해 꿈과 현실을 구분하지 못했어도 다른 사람의 신체에 동의 없이 손을 대는 것은 잘못입니다. 제가 저지른 일은 도민 씨에 대한 성추행이었어요. 도민 씨에게 사과드립니다. 정말이지 면목이 없어요."

뱃속에 국물이 들어가 진정이 된 덕분인지, 현수 씨는 두 번째 그릇을 드시기 시작하시면서 저에게 정중한 태도로 사과하셨습니다. 저는 현수 씨의 사과를 받아들였습니다.

“괜찮습니다. 위계에 있어서 저는 현수 씨의 접촉을 거절하거나 회피할 수 있는 상황이었고, 현수 씨도 술에 취했지만 사실관계를 파악하신 뒤에는 접촉을 반복하지 않으셨잖습니까. 하지만 그와는 별개로 방금 있었던 난투에 대한 설명을 요청드리고 싶습니다.”

“네, 말씀드릴게요. 얼떨결에 저한테 휘말려 당사자가 되셨으니… 제가 더 이상 숨길 수도 없고, 숨겨서도 안 되겠네요.”

이야기가 길어질 것 같아 저는 소주 한 병을 주문해 현수 씨와 제 앞에 놓았습니다. 술집에서 술을 마시지 않으면서 대화만 길게 하는 것은 가게에 대한 예의가 아니니까요.

“저는… 몇 달 전에 술에 취한 개저씨한테 물렸어요. 예전에 다니던 회사 회식 자리에서 돌아오던 길이었죠. 그날 이후로 저는 술에 취하면 괴력이 생기게 되었어요. 하지만 괴력이 생기는 만큼 제 행동거지는 술에 취한 개저씨처럼 변하고 말지요.”

"술에 취한 개저씨한테 물리셨다고요?"

"네. 그 방사능에 오염된 거미에 물린 것처럼… 어쨌든 저는 그 이후로 술만 마시면 예전보다 더 빠른 속도로 이성을 잃었고 행동거지도 저를 문 개저씨를 닮아갔어요. 대신 그 대가로 엄청난 힘을 얻었지요. 취하면 취할수록 슈퍼개저씨로 변하게 된 거예요. 아, 말하면 말할수록 정말 바보 같다, 나…."

현수 씨의 설명을 들으니 그때까지 있었던 대부분의 일들이 납득이 갔습니다. 지킬 박사가 특수 제조한 약물을 통해 하이드라는 다른 인격을 끄집어낼 수 있었던 것처럼, 현수 씨는 알코올을 통해 형사님이 말씀하신 꽐라의 인격을 끄집어내는 것이었습니다.

"그래서 전봇대도 부수신 것이었군요."

"제가 전봇대도 부쉈다고요…?"

현수 씨의 동공이 크게 흔들리면서 자연스레 소주잔으로 손이 움직였습니다. 잔을 채워드리자 현수 씨는 잔을 쭉 하고 비운 뒤 다시 앞서의 일을 말씀하셨습니다.

"어쨌든… 다음 회식 때 멋모르고 술을 마셨다가

내면의 개저씨가 폭발하는 바람에 성추행하던 부장의 코빼를 주저앉히고 현장에서 퇴사하고… 네, 이게 현수 씨네 편의점 앞에 처음으로 쓰러진 날이었지요. 얼떨결에 무직이 된 저는 제 능력을 컨트롤하기 위해, 또 저를 문 범인을 찾아 이 체질을 고칠 방법을 알아내기 위해 밤마다 술에 취해 동네를 떠돌아다녔고요."

"덕분에 저희 편의점 새벽 매상이 많이 올랐습니다. 감사합니다."

"아니에요. 저야말로 잘 먹여주셔서, 위장이 박살이 나지 않았잖아요. 그리고 편의점에 자주 들른 이유 중에는 혹시나 있을지 모를 추적을 피하기 위해서도 있었어요. 미행이 따라붙은 것 같은 직감이 들 때가 있었거든요. 실제로 탐문을 하는 도중 양주시 곳곳에서 섬뜩한 음모를 제가 똑똑히 확인했고요."

어떤 치가 떨리는 광경을 목격한 것인지는 모르지만 아무래도 보통 일은 아니었는지 현수 씨의 손이 다시 한번 소주잔을 향했습니다. 다시 한번 잔을 채워드리자 쏙 하는 소리가 뒤를 따랐습니다.

"하지만 이런 백그라운드에 대해 구구절절 설명을 해봤자… 오늘 저의 이런 탐문 때문에 도민 씨가 개저씨들에게 위협을 받게 되었다는 사실, 그리고 제가 이성을 잃고 도민 씨의 위협이 되었다는 사실에 대한 변명은 되지 못하겠지요. 정말로 신세 많이 졌습니다. 앞으로는 편의점에 찾아뵙지 않을게요. 이 이상 전아련 때문에, 또 저 때문에 도민 씨가 곤란해져서는 안 되니까요."

현수 씨의 긴장된 목소리를 들으니 저도 여러 가지 생각이 들더군요. 그래서 저도 한 잔을 비우고는 가능한 한 조심스레 저의 의견을 말씀드렸습니다.

"저는 양주시에 거주 중인 일반시민입니다. 현수 씨처럼 특별한 능력을 갖고 있는 것도 아니고 테러리스트를 상대하는 기술을 전문적으로 훈련을 받은 적도 없습니다."

"네. 알고 있어요."

"그런 제가 이 도시의 평화를 위해 싸우는 현수 씨에게 식사를 대접하고 쉼터를 마련하는 것은 시민사회에 봉사하는 최고의 방법이라 생각합니다. 무엇보다 저는 현수 씨와 보내는 시간을 무척 좋아합니다. 그러니 만약 현수 씨만 동의하신다면 저는 계속해서 현수 씨에게 도움이 되고 싶습니다."

"막… 술 처마시고 개 되는데도?"

현수 씨는 걱정스러운 표정으로 소주병을 들어 제 앞에 흔들어 보였습니다. 저는 입을 다물고 신중히 단어를 골랐습니다. 부끄러운 이야기지만 저는 이럴 때 어떻게 대화를 이어나가야 하는지 영 숙맥이라 고민의 시간이 제법 길었습니다. 장고를 마친 뒤 저는 소주병에 적힌 상품명을 가리키며 답했습니다.

"원래 천사는 이슬만 먹고 살지 않습니까?"

웃지 마십시오. 그렇게 폭소를 하시면 제가 민망하지 않습니까. 형사님. 운전하시는데 그렇게 웃으시면 위험합니다. 아닙니다. 저도 나름 열심히 노력해서 떠올린 대답이었습니다. 음. 네? 어떻게 아셨습니까? 네. 현수 씨도 똑같이 웃으셨습니다. 너무 웃느라 눈물까지 흘리셨지요. 물론 그때도 민망했습니다.

"그리고 선짓국도 먹지요."

"네. 이슬이랑 선짓국."

현수 씨는 눈물을 닦으며 소주잔을 들어 저에게 건배를 권하셨습니다.

"1일?"

"1일."

"에이. 그거 뻥 아냐? 믿어도 돼요?"

"제가 거짓말을 해서 무슨 이득이 있겠습니까? 사실입니다."

"아니 내가 뻥이냐고 한 건 다른 부분인데… 됐습니다. 하긴 능력의 발동 조건이나 반작용을 생각하면 앞뒤가 다 맞아떨어지기는 해. 우리는 진짜 꽐라 그 사람 미친 사람인 줄 알았다니까? 여자가 정상이면 그럴 수가 없어요. 바닥에 드러누워서 구르니 지진이 난 것처럼 건물이 흔들리지 않나 구토로 아스팔트를 녹이지 않나 고성방가로 일대 유리창을 깨부수질 않나. 천재지변이 아니라 인재지변이라니까."

역시 현수 씨는 대단합니다. 하지만 형사님의 입은 웃는 반면 눈은 그렇지가 않습니다. 어떻게든 남의 일이라는 식으로 말하려고 해도 긴장이 풀리지 않는 눈썹의 근육을 보면 겁에 질린 것으로 보입니다.

형사님은 핸들을 돌리고는 완전히 교외로 빠져나와, 본 적 없는 산골로 차를 몰았습니다. 목적지가 멀지 않았는지 형사님은 떨리는 표정으로 몇 번이고 저에게 확답을 요구했습니다.

"선생님. 선생님이 여자분과 사귀는 사이라는 것까지는 내 알겠어요. 그런데 사귀는 사이라고 다른 사람의 술주정을 막을 수 있는 것도 아니잖아? 무슨 수가 있는 것 맞아요?"

"있습니다. 제가 처음으로 현수 씨를 진정시켰을 때와 똑같이 하면 됩니다. 현수 씨는 제가 포옹을 하고 이름을 불러드린 뒤 입을 맞추면 점차 취기에서 벗어나실 겁니다. 그리고 제가 편의점에서 챙긴 음식물들로 수분과 영양을 보충하시면 체내알코올분해속도가 빨라질 테고요."

산을 조금 더 타다 곧 차가 멈췄습니다. 형사님이 문을 열자 무언가가 부서지고 깨지고 터지는 소리와 사람들의 비명이 들려와 무언가 큰 소동이 일어났음을 알 수 있었습니다.

전쟁영화에서나 들을 수 있었던 소음 속에서, 형사님은 다시 한번 제게 얼굴을 갖다 대시면서 마지막으로 질문을 던지셨습니다.

"좋아요. 믿어요. 내가 믿을 만해서 믿는 건 아니고, 사실 우리한테 꽐라를 막을 수단이 선생님 말고는 아무것도 없어서 믿는 거지만 그래도 믿는 건 믿는 거지. 하지만 선생님, 지금 여자친구분이 아주 미쳐 날뛰고 있어요. 포옹을 하면 술기운에서 벗어난다고 하셨지만 포옹하러 가는 도중에 여자친구분한테 맞아 죽을 수도 있지 않겠어요? 그거 피하면서 팍! 포옹하고 뽀뽀하고 할 수 있나?"

"현수 씨는 절 공격하지 않으실 겁니다. 저는 믿고 있습니다."

"아니, 그러니까 그걸 어떻게 믿으시냐고. 내가 여자친구분이 나쁜 사람이라고 말을 하는 게 아니잖아. 술에 취하면 사람이 눈에 뵈는 게 없어지고, 그렇잖아? 그런데 선생님이 아무리 여자친구분을 사랑하고 응 여자친구분도 선생님을 사랑하고 그런다고 어디 때리거나 하지 않을 보장은 없지 않으냐는 거야."

"압니다."

"그런데 그게 믿겨?"

"어떻게 안 믿깁니까?"

저는 형사님의 인도에 따라 소음의 진원지를 향해 이동했습니다. 저희의 목적지는 차가 들어가기에는 가는 길이 너무나 험했습니다. 형사님이 준비하신 커다란 손전등으로 발밑을 비추면서 걷는데도 몇 번은 미끄러질 뻔했습니다.

오 분 정도 걸려 길이 아닌 길을 걷다 보니 이 산속에 어떻게 지은 것인지 의문이 드는 커다란 공장 하나가 보였습니다. 제대로 된 길이 없어 건설장비가 들어오기 어려울 텐데 말입니다. 어쩌면 길을 하나 만들었다가 공장을 다 지은 뒤 길을 지운 것일지도 모르겠습니다.

하지만 제가 가장 놀란 것은 산속에 숨겨진 공장보다 그 공장 앞에서 벌어지고 있는 주정뱅이 무리의 막싸움이었습니다. 건물이 부서지고 파편이 날아가는 모습은 전쟁터를 방불케 했지만 말입니다. 그리고 그 격전의 한가운데에는 제가 잘 아는 사람이 한 명 있었습니다. 저는 편의점에서 갖고 온 봉투에서 사탕을 꺼내 입안에 넣었습니다.

"사탕…?"

"입을 맞추기 앞서의 예의입니다."

"왜 껌으로 하시잖고."

"급하게 나오느라 껌을 못 챙기고 그만 사탕을 갖고 왔습니다."

사탕의 단맛이 두근거리는 제 심장을 진정시키지는 못했습니다. 하마터면 어금니로 사탕을 깨부술 뻔했을 정도로 저는 초인들의 전투에 위압을 받았습니다. 형사님은 그런 제 모습을 보니 걱정이 되시는 모양이었습니다.

"그래요. 열심히 사탕 핥으시고. 선생님, 어떠십니까. 말릴 수 있겠어요?"

"쉽지는 않겠습니다."

"해야 하는데."

달칵. 형사님은 품에서 총을 꺼내고는 저를 향해 겨냥하셨습니다.

"형사님?"

"형사는 거짓말이고… 자기소개 다시 합시다. 나는 전아련 김부장이에요. 전아련, 전국 아저씨 연합. 그리고 저기 당신 여친이랑 싸우고 있는 사람들이 우리 연합원들이고. 뒤에 있는 건물이 우리 본부 겸 생산 공장이야. 그런데 지금 당신 여친이 우리 연합원 다 때려잡고 우리 건물 다 부수게 생겼거든? 그러니까 선생님이 좀 말려주셔야겠어요."

전아련이라. 좀 아련한 작명센스입니다. 저는 얌전히 두 손을 들어 항복의 의사를 내비쳤습니다. 그럼에도 불구하고 형사, 아니 김부장은 총의 안전장치를 풀고 장전까지 마쳤습니다.

"… 저 공장은 무슨 공장입니까?"

"전아련은 말이죠. 이 시대에 기죽어 사는 아저씨들의 기를 살려주기 위해 활동하는 단체예요. 365일 격무에 시달려가며 사회를 위해 몸을 바치다 잠시나마 술로 세상 시름을 잊는데 그조차도 멸시와 조롱의 대상이 되는 우리 아저씨들 기를 살려주려는 단체라는 말이야. 선생님. 선생님도 편의점을 차리셨으니까

아실 거 아냐. 술에 취한 사람들이 우습다고 하지만 취객에게는 그들이 마신 술잔만큼의 역사가 있다는 거. 모르셨어도 이젠 아셔야지"

"그렇습니까?"

"그래요. 그렇다고. 그래서 우리 전아련은 전국에 유통되는 주류품에 슈퍼아저씨혈청을 넣어 배포할 계획을 갖고 있었어요. 남자가 남자답게 살 수 있도록! 아저씨가 아저씨여도 비난받지 않는 사회를 만들 수 있도록! 슈퍼파워를 가진 아저씨가 될 수 있도록!"

"효과는요?"

"알코올과 반응해 근력이 상승하고 자신감이 생기죠. 부작용으로 탈모가 올 수는 있는데 탈모야말로 남자다움의 상징이니까 뭐."

전 국민을 모르모트로 삼아 알코올중독 탈모인으로 구성된 백만대군을 양성하려는 이 음모에 그만 입을 다물 수가 없었습니다. 비효율적인 계획은 둘째치고 그 목표도 불분명해서 이 연합이 굴러가는 동력이 무엇인지도 의심스러웠습니다.

"그런데 왜 슈퍼아저씨혈청을 맞은 전아련 회원들

이 현수 씨를 당해내지 못합니까?"

"붙잡아서 해부라도 하기 전까지는 확답이 어렵네. 어디까지나 가설이기는 하지만 저 여자분은 아저씨에 대한 내성이 있는 상황에서 슈퍼아저씨혈청을 맞은 우리 회원에게 물려서 효과가 배가된 것이 아닌가 추정하고 있어요. 자, 시간 끌기는 그만!"

탕! 탕! 김부장은 하늘을 향해 총을 쏘아 전아련 공장 앞에 모여서 싸우던 사람들의 이목을 집중시켰습니다.

"야! 이 미친 꽐라 계집아! 네 남친이 여기 있다. 남친의 목숨을 구하려면 반항하지 말고 항복해! 알았지? 자, 선생님? 내려가서 여자친구 진정시키시죠."

"도민 씨?! 자기야?!"

전아련 회원들은 이제야 살았다는 안도의 표정과 함께 싸움을 멈추고 조금씩 뒤로 물러났습니다. 현수 씨는 현재 상황을 제대로 이해하지 못하는 것인지 제 얼굴을 보자 반갑다는 듯 신나서 손을 흔들었습니다.

저는 김부장이 저를 향해 총구를 겨누고 있음을 확인하며 비탈을 타고 내려가 현수 씨를 향해 걸어갔습니다. 멀리서는 잘 보이지 않았는데 가까이 다가가니 그 얼굴에 격전의 흔적이 남아 있었습니다. 우선 저는 주머니에서 손수건을 꺼내 현수 씨의 얼굴에 묻은 다른 사람들의 피를 닦아주었습니다.

"현수 씨."

"왜?"

"컨텍스트적으로다가."

현수 씨는 잠깐 고개를 갸웃하다가 기억이 났다는 듯이 웃으며 저에게 입을 맞춰주었습니다. 현수 씨 입안의 알코올향과 제 입안의 사탕향이 섞여 저희는 달콤하고도 씁쌀한 맛을 공유했습니다. 다음으로 현수 씨는 혀를 살살 굴려 제가 입안에 감춰두었던 사탕을 가져갔습니다.

얇은 설탕의 외피 아래, 아주 독하고 진한 술을 품고 있는 알코올사탕을 말입니다.

"햐, 좋네!"

그리고 도수가 높은 술이 식도를 타고 내려가서 위장을 불태우기 시작할 때에만 나오는 그 감탄사와 함께 이슬과 선짓국의 천사가 더욱 강해져서 돌아왔습니다.

"네. 얼추 상황이 정리되었습니다. 길이 험하니 구급차까지 사람을 옮길 호송인원만 함께 오시면 됩니다. 사망자는 없습니다. 피해인원 확인해서 문자드리겠습니다. 이따 뵙겠습니다. 들어가세요."

통화를 마치고 저는 주변의 풍경을 바라보았습니다. 사람들이 여기저기 부서져서 나뒹구는 이 상황에 장관이라는 표현이 적절치는 않겠습니다만 그래도 어떤 스펙터클함을 느낄 수 있었습니다.

제가 입으로 건넨 알코올사탕을 먹은 현수 씨는 평소보다 더더욱 취기가 올라 이 세상을 별 무리 없이 박살내셨습니다. 김부장은 저를 총으로 겨누면 위협이 될 거라 작전을 구상하셨지만 소형화기에서 발사된 총알은 술에 취한 현수 씨에게는 어린아이가 던진 공깃돌이나 다름없다는 것을 모르셨던 모양입니다.

그나마 다행인 점은 제가 다치지 않았다는 것입니다. 만약 제가 손끝이라도 다쳤으면 현수 씨는 격앙된 감정을 이기지 못한 나머지 살아 있는 인간으로 종이접기를 하셨을 테니까요.

"도민 씨! 자기야!"

"네."

현수 씨는 주먹으로 공장을 부수는 작업을 마치고는 저를 향해 달려오셨습니다. 건물은 조사를 하기 전까지는 가급적 부수지 말아달라는 부탁을 받긴 했습니다만 딱히 주변 건물이 남아날 거라 생각하고 한 부탁은 아니었을 거라 짐작합니다. 사람이 사람이니까요.

"방금 영자 씨에게 전화를 걸었습니다. 그쪽도 정신이 없는지 경각 씨가 받더군요. 곧 경기여성히어로연대에서 사람들을 보내준다고 합니다."

현수 씨가 정장 차림으로 편의점에 찾아온 날은 두 번 있었습니다. 첫 번째는 예전에 다니던 회사에서 퇴직하신 날이었고, 두 번째는 경기여성히어로연대로부터 가입신청에 대한 승낙을 받으신 날이었습니다. 그리고 경기여성히어로연대는 전아련과 마찰이 생긴 현수 씨와 저에게 정보를 모아다 전달해주었습니다. 파손된 전봇대에 대한 보험처리와 함께 말입니다.

저희는 그 정보를 바탕으로 만약의 상황을 대비한

몇 가지 절차를 정해놓았습니다. 그리고 그중에는 당연히 제가 인질로 잡힌 경우에 대한 시뮬레이션도 있었습니다.

비록 오늘처럼 경찰을 사칭해서 저를 납치하려는 계획까지는 염두에 두지 못하기는 했었습니다. 하지만 오늘의 위기를 극복한 건 어디까지나 경기여성히어로연대에서 관할부서 담당자를 이미 소개시켜준 덕분이었습니다. 그래서 저는 어렵지 않게 김부장이 형사를 사칭하는 전아련 사람이라는 것을 바로 알아차려 경기여성히어로연대에 몰래 연락하고 알코올사탕도 챙겨올 수 있었습니다.

"내 안아도."

"알겠습니다."

"안고 다음 꺼."

"연인이 술에 취한 와중에 성적 접촉에 대한 동의를 구하거나 그에 응하는 것은 정상적인 사고판단이 되지 않는 상황을 이용하는 부당한 행동일 수 있지 않을까요?"

"아나. 봐라."

현수 씨는 추리닝 주머니에서 꼬깃꼬깃 접힌 문서를 꺼내 저에게 건네주었습니다. 그리고 종이에 적힌 안정적인 서체로 보아 현수 씨가 술에 취하지 않은 상태에서 친필로 작성하였음이 분명했습니다. 그 안에 적힌 내용은 이하와 같습니다.

나 현수는 금일에 한정하여 전아련과 관련된 일련의 소동이 진정되고 난 뒤 사회적인 윤리 보편 기준에 부합하는 상황이라 판단될 경우 비록 본인이 만취상태일지라도 입맞춤을 비롯한 그 이상의 신체적·성적 접촉행위에 대한 의사결정권을 연인 도민에게 위임하는 바이다.

저는 고개를 들어 주변을 바라보았습니다. 공장 곳곳이 불에 타고 수많은 전아련 소속 주취자들이 고통과 절망 속에 신음하면서 저주가 섞인 술주정을 외치고 있었습니다. 그리고 저는 이 정도면 사회적인 윤리 보편 기준에 부합하는 상황이라 판단하였습니다.

"맞나."

"맞습니다."

현수 씨와 저는 입을 맞추었습니다. 텍스트적으로다가. 사회적인 윤리 보편 기준에 비해서는 살짝 더 진하게.

✷

수정초인알파전

"히어로라고?"

"아니요. 슈퍼히어로예요."

"둘이 무어가 다른 게냐?"

진정 그때 그렇게 물어보아서는 아니 되었노라.

성가신 목소리에 그만 짐의 상념이 흐트러지고 말았다. 행성 지구에 찾아온 지 인류 기준으로 일 년 하고도 삼 개월, 길다고 하면 길고 짧다면 짧은 이 세월 속에서 개구리라는 생물체가 기묘할 정도로 친숙한 감흥을 불러일으켰던 이유를 그제야 알 수 있었기 때문이었느니라.

"감히 왕자님에게 손찌검을 하는 자라니, 어찌 이리도 야만스러운 별이랍니까?"

바로 이 늙은 신하의 생김새와 목소리가 몹시도 그 생물체와 닮은 면이 많았던 탓이었도다. 짐의 충실한 신하이자 처형인이며 어릴 적의 보부였던 프로보트 영감은 타액을 튀기면서 분통을 터뜨리고 있었다. 그가 그리 말할 때마다 짐이 대로한다는 사실조차 잊고서 말이다.

"황송하오나, 하계의 법도에 대해서는 루다 왕자님이 밝지 못하시나이다! 역시 지구정복전의 필두가 아닌 본성에서 머무르시면서 체통을 지키셨어야 했사옵니다! 대제님께서 아시면 어쩌시려고!"

프로보트 영감의 생김새는 지구의 양서류인 개구리와 흡사했지만 그 체구는 어린 인류에 가까웠도다. 짐이 행성 지구의 예법을 지키기 위해 인류의 외양은 물론이거니와 복식마저 맞춘 것과는 가히 다른 모습이었다. 그는 아직도 한 세기 전 그가 정복했던 행성 게론의 영광에서 벗어나지 못했기 때문이리라.

짐은 그 꼴사나운 모습에서 눈을 돌려 우주함선 비그의 사령실을 둘러보았다. 오랜만에 황제기에 승선하여 나옴 제국의 깃발 밑 함장석에 앉노라니 그 감회가 남달랐지. 지구침략을 위해 짐이 도대체 얼마나 많은 피와 눈물을 흘려야만 했는지 그 누가 짐작이나 하고 있겠으랴?

창밖으로는 매혹적인 별, 지구가 비치고 있었다. 이제 그 여자를 짐의 감옥에 가두었으니 프로보트에게 선포를 마치기만 하면 저 아름다운 혹성과의 문제 역시 곧 해결이 될 일이었다. 기어코 오랜 바람이 이루어지는 게다.

"제국법에 의해 그자는 즉결처형이라 아뢰오!"

짐은 영감이 두 주먹을 움켜쥐고 파르르 떠는 모습을 바라보았다. 하지만 언제까지고 영감이 성을 내는 모습을 바라보고만 있을 수도 없는 노릇이었으니. 짐은 프로보트 영감의 목청이 찢어지기 전에 점잖게 손을 들어서 진정시켜야 했느니라.

다음으로는 함장석의 시스템을 작동시켜서 우주함선 비그와 탑승자들의 정보를 확인하였다. 제국은 짐의 성과에 만족하여 다음 단계를 준비하기로 결단을 내린 차더군.

"처형을 집행하겠사옵니다!"

"짐의 처형인은 진정하라."

프로보트 영감은 답답하다는 듯 함장석으로 다가와 무릎을 꿇은 뒤 짐에게 재청하였다. 어떻게든 짐이 입은 상처에 대한 보복을 하겠다고 작심한 모양이었느니라.

"소신이 어찌 진정하겠나이까? 알파는 도련님을, 나옴 제국의 왕자를 감히 해하려 한 대역죄인이옵니다! 그자가 도련님께 저지른 악행을 잊으셨나이까?"

"알파…."

"그렇사옵니다, 알파!"

아아, 어찌 잊으랴? 짐의 가장 큰 굴욕이자 고개를 숙여야만 할 치부, 알파. 그 이름은 친애하는 프로보트의 입에서 듣는 것조차 누군가가 짐의 심장을 쥐고 있는 듯 고통스럽기 그지없는 일이었노라.

어쨌든. 그래서 이 알파라는 여성이 누구시냐. 도대체 얼마나 극악무도한 반역자이기에 이렇게 짐의 보부이자 처형인이 짐에게 재청하면서까지 그 목을 치려고 하느냐.

다른 이들이 아는 바대로만 읊자면 21세기 최초로 대한민국 부천에 나타난 슈퍼히어로다. 그저 그뿐이었다면 모든 일이 단순했겠으나 그러지 못했을 뿐.

온몸을 금강석보다도 단단한 수정으로 뒤바꾸는 자. 홍양과 꽐라에 이어 경기여성히어로연대를 대표하는 자. 부천의 수호자. 닿는 물건은 삼라만상을 불문하고 분쇄하며 십여 기에 이르는 나옴 제국의 거병들을 모조리 도륙한 그 인간.

수정초인 알파.

"이 외딴 미개행성에서 알파만큼이나 강고한 적이 있었다는 보고를 들었을 때 소신이 어찌나 염려하였는지 왕자님께서는 짐작도 못하실 것입니다. 왕자님께서는 어떤 영민한 전략으로 저 무도한 자와 맞서셨나이까?"

"그 이야기는… 제법 복잡하니라."

짐은 함장석에서 턱을 괴고는 이야기를 풀기 시작하였도다. 애초에 짐의 이 무용담을 어찌 전할지 오래전부터 고심하였으니 어려울 일도 아니었느니라.

이야기는 삼 개월 전. 범순과 처음으로 대결한 날부터 시작하마. 범순은 경기여성히어로연대 소속 히어로 알파의 본명이니라. 표범순.

"짐은 그 이름도 위대하고 영예로운 나옴 제국의 제후행성 랑만을 대표하는 루다 왕자다! 여덟 은하의 지배자이자 일만 태양의 정복군주이며 삼라만상의 어버이이신 요아나 대제님의 대의를 따라 불우하기 짝이 없는 그대들이 은하 너머로 뻗어나갈 수 있도록 돕고자 찾아왔으니, 지구인들이여! 짐에게 복종하라!"

그날은 우주함선 비그의 방진장치로 미세먼지 한 톨조차 찾을 수 없게 된 봄날이었느니라. 바로 짐이 처음으로 정복거병을 이끌고 부천시 상동 호수공원에서 지구정복을 선포한 날이기도 하였지.

경도 알다시피 우리 위대한 나옴 제국은 영토를 확장함에 있어 소모전을 통한 불필요한 피해를 최소화하는 것을 최우선과제로 삼지 않던가? 짐 또한 제국의 전통을 따라 정복거병 한 기만을 가지고서 나옴 제국과 지구 사이의 압도적인 전력차를 과시한 뒤 평화로이 이 행성을 제국령으로 선포하려 하였노라.

지구인들의 집단무의식에 내재된 공포의 이미지를 구현한 정복거병의 모습은 과연 위용으로 가득 차 있었다. 그야말로 강철의 성이라 할 수 있는 모양새였지. 짐은 그 정복거병의 어깨 위에 올라 곧 이 행성의 어리석은 우민들을 계도하고 대제님에게 짐의 능력을 입증하리라는 생각에 가슴이 터질 듯이 부풀어 올랐다. 어디까지나 바로 그 직전까지 말이다.

"실례합니다. 거기, 잘생긴 왕자님. 들려요? 루다 왕자님이시라고요?"

"그러하다. 짐 앞에 선 그대는 누구인고?"

"경기여성히어로연대 소속 슈퍼히어로 알파라고 하는데요. 호수공원에 모인 시민 여러분들이 이 저작권적으로 문제가 클 로봇 때문에 교통에 불편을 겪고 계십니다. 고성방가로도 신고가 몇 개 접수가 되었고요. 인류에게 하시고픈 말씀이 있으시다면 이렇게 비허가로 전도하듯이 하지 마시고 공개적인 채널을 통해서 해주시길 부탁드려요."

왜냐하면 얼마 안 있어 인간 하나가 다가오고는 영광스러운 나옴 제국의 선전포고에 대해 중단하기를 요청했기 때문이었느니라. 경의 말이 옳도다. 어찌나 불손한 자인지 짐의 정복거병을 고작 잘못된 곳에 주차된 차량 정도로만 취급을 하는 것이 아니던가?

짐 또한 경처럼 어이를 잃고 말았노라. 그리하여 잠시 선언을 멈추고는 그 방자한 인물을 면밀하게 살피기로 하였지. 자신을 알파라고 칭한 그자는 흑단처럼 매끄러운 장발에 어울리는 푸른 스카잔과 하얀색 티셔츠에 낡은 청바지를 입고서 껄렁한 표정으로 짐을 올려다보고 있었다.

참으로 이상한 자였느니라. 분명 멀리 떨어졌음에도 그 목소리는 또렷하게 내 귓가에 들렸으며 당당하기 그지없었다. 흥미롭게도 인류의 평균보다는 훨씬 큰 체구이기는 했으나 삼십 미터 크기의 정복거병보다는 분명 작은 몸집을 하고 있음에도 두려움을 모르는 듯했지.

"히어로라고?"

"아니요. 슈퍼히어로예요."

"둘이 무어가 다른 게냐?"

진정 그때 그렇게 물어보아서는 아니 되었노라.

범순은 입에서 커다랗게 분홍빛의 구체를 부풀렸다. 이후 듣기로는 그것은 풍선껌이라고 하는 물체로, 입가심이나 심심풀이를 위해 턱관절에 반사적인 움직임을 반복할 때 쓰는 도구라고 하더군.

영문 모를 긴 침묵이 지났다. 짐이 무어라 한마디라도 꺼내야 할까 고민하던 찰나, 범순은 스카잔 주머니에서 손을 빼고는 종이에 껌을 뱉은 뒤 접어다 주머니에 넣고 나서야 미소와 함께 입을 열었느니라.

"몸으로 확인하게 되실 거예요."

짐은 그치의 오만방자한 태도에 그만 체통을 잃고 말았지. 그래서 정복거병을 부려 범순을 들어다가 먼 곳에 옮겨놓으려 하였다. 하나 분명 그리 되었어야 하거늘. 의심할 것 없이 그리 되어야 했거늘. 짐의 예상과는 완전히 다른 풍경이 눈앞에 펼쳐졌도다.

바로 범순을 들어 올리려고 땅으로 뻗었던 정복거병의 손이 범순의 몸에 닿기도 전에 산산조각이 나고 말았던 것이니라! 경도 짐이 보고서로 제출한 것을 이미 알고 있을 터이나 여기서 짚고 넘어가도록 하겠다. 정복거병은 필히 그 행성이 보유하는 방위용 병기보다 더 단단한 내구성을 갖게 되어 있었느니라. 그럼에도 불구하고 범순은 손 한번 내밀지 않고서 짐의 정복거병을 부수었던 것이었으니!

"무슨 일이지?"

"아, 실례했습니다. 홍 회장님이나 괄 위원장님이 상대였으면 이게 어떻게 된 일인지 짐작은 가셨을 텐데. 제 능력이에요. 초진동분쇄."

이후 수집한 자료로 관찰한 결과, 이 범순이라는 자는 스스로의 신체를 일시적으로 수정처럼 바꾸는 초상능력을 가졌음을 알게 되었노라. 몸을 수정으로 바꿀 시 범순의 신체는 광물만큼 단단해졌다. 하지만 그 초상능력의 활용법은 그 경도에 있지 않았으니.

경은 수정에 전압을 가할 경우 일정한 주기로 진동한다는 사실을 알고 있느냐? 범순의 초상능력 역시 마찬가지였노라. 그는 자신의 몸을 수정으로 바꾼 뒤 생체전류를 가해 고유 진동수를 자유자재로 변환할

수 있었던 것이었다. 이야긴즉슨 그는 손에 닿는 것들의 고유 진동수와 자신의 진동을 맞춰 초진동분쇄를 자유자재로 일으킬 수 있다는 이야기이기도 하다.

그 뒤의 전개는 몹시 빠르게 진행되었다. 아니, 진행이라고 할 것조차 없었지. 그저 범순이 정복거병에 손을 대면 그 순간 정복거병의 몸이 푸딩처럼 무너졌으니 말이다. 짐은 허망하게 거병의 잔해 위에 쓰러진 채 범순을 바라보아야만 했노라.

“미… 미개하고 야만스러운 것! 신성한 정복거병의 결투 신청을 이렇게나 망쳐놓다니! 네놈들 지구문명에는 예의범절 따위는 존재하지 않는단 말이냐?”

“미개와 야만이라. 저한테 그렇게 잘 어울리는 표현이 또 없네요, 왕자님.”

범순은 다시 스카잔 주머니에서 껌 하나를 꺼내 씹으면서 짐에게로 다가왔도다. 그의 얼굴은 웃고 있었으나 그가 짐에게 손끝이라도 댔다가는 이 숭고한 전쟁이 미완으로 마무리가 될 것이기에 그저 두려울 뿐이었다.

하지만 범순이 노린 것은 짐의 목이 아니었다. 바

로 손이었다. 그러하다. 그 흉흉한 자는 한쪽 무릎을 꿇고서는 거병의 잔해 위에 쓰러진 내게 손을 내밀고 있었느니라.

흥. 짐의 처형인이나 되는 자가 고작 이 정도로 놀라느냐? 짐이 지구행을 결심한 그 순간부터 이 정도 굴욕은 각오한 바 아니더냐? 짐은 범순의 그 장난기로 가득한 두 눈을 노려보며 거절의 의사를 분명하게 밝혔느니라.

“왕자님. 손.”

“무엄하다.”

“어허. 손.”

짐은 수치 속에서 범순이 내민 손을 붙잡았노라. 그 외에는 어떠한 선택지도 짐에게 주어지지 않았으니 말이다. 다음으로는 그대가 우려했던 이상의 일이 일어났다. 범순은 고작 손을 잡는 것 이상의 수치를 짐에게 강요하였던 것이다.

그는 짐의 손아귀를 잡고서는 강하게 끌어당겼노라. 짐은 그만 무게중심을 잃고서는 그 저주스러운 이의 품에 안기고 말았지. 아직 놀라기는 이르다. 그

다음으로는 어떤 일이 일어났는지 짐작이나 가는가?

"외계에서! 왔다고! 함부로! 소란을! 피워서야! 되겠어요?"

"흥억…!"

범순은 짐을 무릎 위에 눕히고는 수정처럼 단단한 손바닥으로 철썩철썩, 짐의 볼기를 격렬하게 가격하기 시작하였노라! 경의 말이 옳도다. 황족의 포로에게 갖추어야 할 예우 따위는 인지조차 하지 못했는지 손속을 두지 않는 가혹한 형벌이지 아니한가?

"자, 마지막 한 방! 세상에나. 왕자님. 나옴 제국에서는 원래 이렇게 노출도 높은 가죽옷을 꼭 입어야 하고 그래요? 방딩이에 아주 착 달라붙어가지고선!"

그러하다. 저 범순이라는 악독한 자는 짐에게 패배의 굴욕만을 안긴 것이 아니었느니라. 상동 호수공원이라는 공개된 장소에서 짐의 손을 붙잡아 끌고서는 태형을 가하기까지 했으니, 이 어찌 아니 분노하지 않을 수 있으랴?

만행은 그치지 아니하였다. 그자는 짐에게 방긋 웃어 보이고는 짐의 엉덩이를 몇 번 토닥이고는 원래 왔던 곳으로 돌아갔느니라. 어찌나 치욕스러운 일이었겠느냐! 나옴 제국의 왕자인 짐을 감금하거나 심문하지도 않은 게다. 짐을 포로로도조차 여기지 않은 게다!

"어쩜 그리도 파렴치한 자가 있답니까?"

"경이 말한 그대로다! 어쩌면 그리도 불경한지!"

"황송하옵나이다. 이런 무식한 자들의 행성까지 루다 왕자님이 홀로 강하하시는 모습을 두고만 보았다니. 다 신의 불찰이옵니다."

프로보트는 연신 고개를 저으며 짐이 겪은 고난에 분개했느니라. 그 개구리와 같은 얼굴의 양 볼이 크게 부풀어서 그 눈알만큼이나 커다래졌지.

"루다 왕자님, 한시라도 바삐 옥에 가두어놓은 그 자를 처형한 뒤 제국으로 돌아가시길 간청드리는 바입니다. 왕자님께서는 이러한 무뢰배들의 별에서 수모를 당하셔도 될 분이 아니옵니다!"

"경솔하기는! 나옴 제국과 랑만 행성을 대표하는 짐이 지구정복을 목전에 놓고 제국으로 돌아가면 그야말로 제국의 신민들의 기대에 대한 배신이지 않은가? 더욱이 어마마마께서, 아니, 요아나 대제께서 짐의 오랜 간청을 겨우 들어주셨기에 이 정복전쟁을 거행할 수 있었거늘 이 천우신조의 기회를 짐의 발로 차버리라는 것이냐?"

"황송하옵나이다."

짐이 호통을 치자 프로보트는 목을 접어 얼굴을 숨기려고 들었느니라. 영감은 짐이 포궁기에 머무를 때부터 짐을 보좌한 인물이어서인지 항시 짐을 세 살배기라도 되는 것처럼 취급하였다. 어찌 짐이 그 속박에 답답하지 않았겠는고?

하나 신하가 실언을 하였더라도 왕이 된 자가 목소리를 높여서는 아니 될 일일 터. 짐은 눈으로 프로보트 영감에게 유감을 표하였느니라.

"하오나, 루다 왕자님께 이 하나만큼은 간언을 올려야겠사옵니다. 왕자님께서는 부디 옥체를 보존하시기를 우선하시옵고…."

"그대는 지금 짐을 전사로 여기지도 않겠다는 게냐? 짐을 본성의 그 무위도식하는 다른 자들과 똑같이 대할 셈이냐는 말이다!"

프로보트는 짐이 몇 번이고 돌려 지적을 하였음에도 제국 원로들의 낡은 가치관을 벗지 못하고 쉰내가 나는 소리만 반복하였노라. 그러니 어찌 왕이 된 자로서 성을 아니 낼 수 있으랴?

"루다 왕자님, 그것이 아니라… 또한 형제님들도 그분들 나름의 역할을 다하시고 계시며…."

"듣기 싫도다! 경은 잠자코 짐이 그 간악하다는 자, 범순을 사로잡게 된 과정에 대해 경청하기나 하여라! 그리하면 경의 한심한 말버릇도 달라지겠지."

몇 번의 격전을 더 거친 뒤 짐은 애석한 결론을 내려야만 했느니라. 짐이 지구까지 준비한 전력으로는 저 범순이라는 전사를 상대하기 어렵다고 말이다. 나옴 제국의 본성으로 돌아간다면 그에 맞설 만한 정복거병을 찾을 수 있겠으나 그리하여선 짐의 체면이 서지 않았을 테지. 결국 짐은 전술적 우회로를 고려해야만 했노라. 그리고 그 우회로란.

"올드패션드 한 잔."

바로 짐의 미모를 이용한 미인계였도다. 세 번째 정복거병이 쓰러졌던 날, 짐은 범순이 하루를 애썼으니 부천의 어느 바라도 가겠노라 투정을 부리는 것을 기억하고 있었지. 무어라? 아니다. 어디까지나 범순이 가진 전략적 한계에 대해 조사를 하기 위해 꺼낸 수였을 뿐이니라.

짐은 부천의 원주민들 사이에 섞여 들어갈 수 있도록 그들의 정장 차림을 한 채 그 바라는 곳으로 향하였도다. 그곳은 지구인들이 향정신성음료를 즐기기 위해 마련한 곳으로 숱한 정보가 오가는 곳이라고 하더군.

술이라고 하는 향정신성음료는 인간들의 긴장을 허물고 평소라면 하지 않을 이야기를 하게 되는 효과가 있다 들었느니라. 하나 범순이라는 전사의 강고함을 고려했을 때 그러한 약물로 그자의 마음을 흔들기는 어려울 것 또한 예측 가능한 사실이었지. 그리하여 짐은 범순의 앞에서 이 수려한 용안으로 그 마음의 장벽을 허물겠노라 작전을 짰느니라.

짐은 바 구석에 앉아 잔을 들이켜면서 하루 이틀은

허탕을 치지 않을까 계산하였지. 하지만 이런 기우도 일순이었노라. 이내 언제나와 마찬가지로 푸른 스카잔과 하얀색 티셔츠에 낡은 청바지를 입고서 껄렁한 표정을 지은 범순이 술집 안으로 들어왔으니 말이다.

범순은 친숙하다는 듯 바텐더에게 인사를 하고는 나두라 퍼스트 필 컬렉션을 받아 들이켜기 시작했다. 그러다 짐의 시선을 눈치챘는지 고개를 돌려 짐을 바라보더군. 단련되었음이 분명한 어깨. 거목이 뿌리내리듯이 굳게 바닥을 받친 다리. 거기에 백전으로 연마된 눈빛까지 결코 범용한 인물이 아니었지. 만약 그가 천인, 아니 만인 사이에 둘러싸여 있더라도 짐은 그자를 찾아낼 수 있으리라.

하나 그 이후에 무엇을 해야 할지 짐은 짐작이 가는 바가 없었다. 하계의, 그것도 성간문화권에 편입되지 않은 이 지구에서는 위대한 전사에게 어떻게 예를 표하고 다가가는지 짐이 어찌 짐작했겠으랴? 그저 전술을 정비하지 않고 지상에 내려간 상황을 자책하며 미소를 지어 보이는 것이 최선이었거늘.

"그만 좀 웃어! 내가 그렇게 좋아?"

"네…?"

일이 조금 요상하게 흘러갔도다. 제국의 공적이자 지구정복의 최대장애물인 그자, 범순이 호방한 미소와 함께 짐의 테이블로 다가와 옆에 앉는 것이 아니겠는가?

"사람이 들어오는데 그렇게나 무안할 정도로 계속 예쁘게 눈 마주치면서, 어, 웃고 있고 말이야. 대답 안 해도 됩니다. 당연히 좋으시겠지. 거기, 여기 처음이죠?"

"네…?"

"처음이 맞네. 세상 물정도 모르고. 옆에 앉을게요. 괜찮죠?"

자리에 앉은 뒤 범순은 속사포처럼 재담을 이어나갔다. 짐이 알파의 본명이 범순임을 알게 된 것도 그날이었느니라. 짐은 범순을 뉴스에서 봤노라며, 나옴 제국의 정복거병을 상대로도 굴하지 않는 범순의 모습이 인상 깊었기에 그만 결례를 저질렀노라 사과했도다.

짐과 범순은 마치 십년지기의 지음처럼 거리낌 없

이 대화를 나누었도다. 가끔 범순의 눈빛이 예사롭지 않게 빛날 때가 있기는 하였으나 짐은 그저 술자리의 긴장이겠거니 하고 넘어가고 말았지. 이것이 큰 실책이었다는 것은 훗날이 되어서야 알게 되었느니라.

"전혀 대단할 거 없는데."

"인간의 몸으로 건물만 한 크기의 거인과 싸워 이겼으면 대단한 거 아니에요?"

"내가 대단한 건 맞지만 그보단 상대가 별로라는 거지."

"나옴 제국이…?"

범순은 취기가 올랐는지 짐과 맞선 위업을 과소평가하며 상대적으로 스스로의 강함을 높이는 방식으로 실력을 과시했노라. 짐의 인품에 매료가 되었는지 별다른 저항감 없이 경기여성히어로연대와 그 소속 영웅들의 정보를 입에 올리기까지 하였지. 그러하다. 짐의 작전이 맞아떨어진 것이니라! 짐은 예정된 작전대로 그자가 말실수를 하도록 이끌었도다.

"초진동분쇄라는 능력이 대단하다는 것은 알겠네요. 범순 씨는 무적이겠어요. 그렇지요?"

"설마. 나한테도 이길 수 없는 상대 정도야 있죠."

"그래요?"

짐은 이내 숙적의 약점을 알 수 있으리라는 기대에 한껏 긴장하였노라. 천천히 술잔을 들이켜는 것으로 짐의 떨림을 숨기고자 하였지만 범순은 신경도 쓰지 않고서 그의 약점을 공개하였도다.

"루다 왕자한테는 정말 못 이기겠어."

"짐… 짐짜로?"

"네."

범순의 대답은 정말이지 의외의 것이었노라. 하나 그다음으로 이어지는 부연 설명은 더더욱 의외의 것이었지.

"잘생기고 콧대까지 높은 남자가 나한테 져서 분한 나머지 울먹이기까지 하는 모습을 볼 때 얼마나 가슴이 찡한지. 다 잡아놓고도 놓아주게 된다니까요. 만약 내가 그대로 경기여성히어로연대로 연행하면 그 히프를 다시 보지 못할지도 모른다 생각하면 진짜."

그러하다. 당시 짐 역시 경과 마찬가지로 넋이 나간 표정을 지었느니라. 숙적이라 여겼던 자가 짐을 노리갯감으로만 여겼다니. 부끄럽고 민망한 마음에 그만 범순의 약점을 캐내야만 한다는 소기의 목적조차 잊고 자리를 뜰 뻔했느니라.

"어우, 농담이에요. 왜 그렇게 정색해? 아무리 잘생기고 그래도 외계침략자를 아무 이유도 없이 놔줄 리는 없지요. 그랬다가 홍 회장님에게 작살나게? 뭐 혹할 때도 있지만."

"그러한가… 요!"

"그럼요. 어쨌든 저쪽의 기술력이 지구에 비해 압도적인 건 분명한데 그럼에도 침략을 진행하면서 선을 넘어서진 않으니까. 이쪽에서도 선을 지키면서 저쪽의 전력을 가늠하는 중이라서 그래요."

마땅하고 마땅한 대응이었느니라. 비록 그때까지 짐이 제국의 전통을 지키려고 노력하느라 손속에 자비를 두었으나 나옴 제국이 전력을 다하여서 지구를 상대한다면 그때 지구 측이 나옴 제국을 상대할 계제는 없지 않은가?

짐은 그날 범순과 함께했던 주연이 무척이나 마음에 들었느니라. 그리하여 주에 한 번 정복거병과 범순이 일기토를 벌인 뒤에는 꼭 그날 바로 찾아가 범순을 만나 그날의 전략을 복기하며 잔을 나누고는 하였지.

"어쩐지 본성으로 보고되는 루다 왕자님의 간수치가 주기적으로 진폭을 그린다 싶었나이다! 도대체 얼마나 과음을 하셨던 것입니까?"

"과음이라니? 어디까지나 그의 약점을 모색하는 과업이었노라."

"식견이 어두우신 도련님이 야만인의 행성에서 향락에 빠지신 게지요!"

프로보트 영감은 가슴을 치며 개탄하였노라. 짐이 범순과 매주 주연을 나눈 것은 어디까지나 범순을 무찌르기 위한 첩보전의 연장선상이었음에도 불구하고 말이다! 짐이 이 위대한 나옴 제국을 위한 과업에 어디 사사로운 감정을 품을 사람이라도 된다는 듯이.

"소신은 루다 왕자님의 교육담당관으로 그러한 전략에 대해 강의한 바가 없사옵니다! 온 은하에 위상이 높은 나옴 제국의 혈통을 잇고 계신 왕자님께서는 부디 체통을 지키시옵소서!"

"이 모두 나옴 제국의 승리를 위한 짐의 희생임을 그대는 어찌하여 모르는가? 남자의 색기도 때로는 무기가 될 수 있느니라!"

이제 짐의 가장 충직한 처형인이자 보부였던 자는 눈이 뒤집혀서 숨을 들이켜느라 그 개구리를 닮은 배와 볼이 번갈아가면서 부풀었다 사그라들기를 반복했느니라.

"루다, 루다 왕자님께서 그 고결하신 옥체를 보존하지 못하시다니!"

"그대의 의심이 과하다. 염려는 말게나. 짐이 범순과 잔을 나누었던 때는 아무 일도 없었으니."

"잔을 나누었던 때는? 그럼 다른 때는 일이 있었다는 말씀이나이까?"

오래도록 침묵을 지킬 수밖에 없었노라.

"영감이 짐을 아는구나."

범순과 지속적으로 주연을 가진 짐의 전략은 분명 성과가 있었느니라. 집요한 탐색 끝에 마침내 슈퍼히어로 알파의 약점을 찾아내었으니 말이다. 범순의 초능력은 어디까지나 진동을 통한 충격파였다 하지 않았는가? 그러하다면 범순이 발산한 진동을 흡수할 수 있는 정복거병을 만든다면 승산이 있지 아니하겠는가. 그대도 짐이 제출한 보고서를 익히 읽었다 하였으니 짐이 범순의 충격파를 무력화하는 기술을 개발했음을 알고 있겠지.

발상이 그에 이르자 짐은 즉각 우주함선 비그의 거병공장에 설계 콘셉트를 입력하고는 신형 정복거병을 제작하였노라. 그 위용으로 가득 찬 정복거병은 이름하야 '고래비아선'이었으니. 두꺼운 피부와 지방층으로 범순이 발산하는 진동파를 흡수할 뿐만 아니라 증폭하여 되받아칠 수 있도록 설계된 명품이었다.

짐은 고래비아선이 완성된 즉시 다시 한번 범순에게 결투를 신청했노라. 작전은 이리하였다. 결투가 시작되면 범순은 자신의 초상능력이 고래비아선에게 통하지 않음을 곧장 알게 될 터. 그렇게 당황한 사이 고래비아선이 범순을 삼키도록 하여 나옴 제국의 정복거병이 지구의 어떤 물리력으로도 제압이 불가능하다는 사실을 인류에게 주지시킬 수 있으리라 계산하였던 것이다.

"야! 매직마이크! 너 이리 안 오냐?"

다만 이 계산에는 문제가 하나 있었으니. 그것은 바로 짐이 미처 고래비아선이 범순만이 아니라 짐마저 삼켜버릴 가능성에 대해서 고려하지 못했다는 점이었느니라. 그러하다. 짐은 짐이 만든 아름다운 미궁에 범순과 단 둘이서 갇혀버리고 말았던 것이니라.

이 또한 천운이라고 할지, 고래비아선은 살상용이 아닌 포획용의 정복거병이었도다. 그리하여 고래비아선의 위장은 살을 녹이는 위액이 뿜어져 나오지는 않았으나 출구를 찾기 어렵도록 미로처럼 설계가 되어 있었지.

고래비아선의 이 특수한 위장은 전쟁포로를 인도적으로 구속하기 위한 장치였다. 미로라고는 하여도 조명은 기본이요 기타 편의시설도 갖춰놓았기에 수감자에게 별다른 불편은 없겠으나 이러한 안배들은 짐에게 있어서는 그저 분기탱천한 범순으로부터 도망치기 어려운 장애물에 불과하였느니라.

"이게 얼굴 반반하다고 좀 봐줬더니 끝까지 기어올라가지고선! 너 얼른 밖으로 안 꺼낼래? 나 화나면 어떻게 되는지 이제 몸으로 확인하게 될 거다!"

"짐도 갇힌 상황이니라!"

"이 얼빵이가 진짜! 너 엉덩이 이리 대!"

범순과 짐은 오랜 술래잡기 끝에 잠시 휴전을 갖자 협약을 맺었다. 그전까지 범순이 짐의 이마에 무자비하게 딱밤을 날리기는 하였으나 이러한 소요가 반복되어봤자 사태의 진전에 별 도움이 되지 않는다 합의를 본 덕이었도다. 달리 이르자면 범순이 짐을 패다 질렸다고 하여도 크게 틀린 이야기는 아니니라.

범순은 고래비아선의 미로 한가운데에 앉아 짐을 죽일 듯이 노려보았고 짐은 구석에 좁혀 앉아 범순의 눈치를 보아야만 했다. 이 상황에서 무력의 우위는 분명하였으니 말이다. 이 날선 긴장의 순간은 곧 범순의 한마디로 끊어졌노라.

"아, 됐고. 이리 와요. 왕자님이나 되어갖고서는 궁상맞게 쪼그려 앉을 건 또 뭐야. 사람 미안하게. 아까는 내가 잘못했어요. 둘 다 갇힐 줄 뭐 알고 했겠어?

했어도 일로 한 건데 감정 상할 필요도 없고."

"가도··· 되나?"

"된다니까요. 루다 왕자님도 위에서 쪼아서 하는 일 같으신데 저 피차 고생하는 처지에 정 없이 그럴 사람 아니에요."

십 분 전까지 다른 나라 왕자의 이마에 미친 듯이 딱밤을 날리던 사람의 입에서 나온 이야기라고는 믿기 힘든 관대한 한마디였느니라. 짐은 범순에게 물리지나 않을까 염려하며 그의 근처로 조심스레 다가가 조금 떨어진 곳에 앉았다.

"어쨌든 술친구끼리 간만 상하는 게 아니라 마음까지 상하면 좀 그렇잖아요. 심장, 하트. 그 구하기 힘들다는 매너 좋은 술친구이기까지 한데."

"구하기 힘든 술친구라니?"

"에이. 저번 주에도 바에서 같이 마셨으면서 왜 모른 척해요?"

범순은 얄궂게도 미소를 지으며 짐을 흘겨보았느니라. 그러하다. 그 간교한 자는 첫 만남부터 짐의 정체를 파악하고 있었던 것이니라! 범순은 모든 정황을 인지하고 있었음에도 능글맞게 웃으면서 짐이 판 함정 위에 더 커다란 함정을 파고 있었던 것이었도다.

짐은 배신감으로 가득 차 범순을 바라보았으나 짐의 이 배신감이라는 것도 범순의 입장에서는 용납하기 어려웠으리라. 애초에 먼저 거짓으로 상대방에게 접근했던 자는 다른 누구도 아닌 짐이지 아니한가? 처음부터 짐에게는 그를 책망할 자격이 없었노라.

"아까 때린 건 진짜로 미안해요. 나만 그랬나 싶어서 괜히 기분이 그랬지 뭐야. 오늘도 적당히 끝내고서 또 루다 왕자님이랑 술이나 마시러 갈 거라고 생각했거든요. 정복거병? 이게 이렇게나 탄력이 좋아서 내 능력이 통하지 않은 것도 너무 놀랐고요. 이거 다 루다 왕자님이 진지한 거 무시한 거니까 제가 잘못한 거고."

"아니다. 비록 선의로 시작한 과업이나 지구에 전쟁을 선포한 것은 짐이지 않은가. 지구를 대표하는 전사인 그대가 짐을 적대하는 것이야 당연한 일이니라. 그대가 사과할 일이 아니다."

범순과 짐은 더 이상 서로에게 감출 것이 없게 되

었다. 좁은 미로에 갇혀 상대를 피할 길이 없으니 대화를 피할 수도 없었고. 그러한 상황이었으니 자연스레 담소를 나눌 수밖에 없었노라.

"이왕 이렇게 된 거 물어나 봅시다. 나옴 제국 사람들은 다 왕자님처럼 인류랑 비슷하게 생겼어요? 말투나 행동이나 다 완전 지구사람 같잖아."

"제국민에게는 육신이란 개념부터가 존재하지 아니하다. 기술적으로 생체에 대한 집착에서 벗어난 지 오래니까. 다만 짐이 행성 지구에 당도하기 전, 나옴 제국의 전통을 따라 인류에 대한 정보와 문화를 조사한 뒤 어울리는 외양과 전략을 고른 것이니라."

"재밌네. 그런데 왜 굳이 다른 행성의 사람들처럼 하고 다녀요?"

"지배란 단순히 누군가의 위에 서는 것만이 아니라 그들과 함께한다는 의미가 있기 때문이니라. 지금은 본성에 있을 짐의 처형인, 프로보트의 경우에는 행성 게론과의 싸움에서 승리했던 과거를 기념하기 위해 아직까지 그들의 외양을 간직하고 있지."

경이 지적할 일이 아니다. 나옴 제국의 전통이 어

디 기밀이라도 된다는 말인가? 일이 성공리에 마무리 될 경우 저 범순이라는 자 또한 짐의 신민이 될 예정이지 않았겠는가?

"제국주의자가 자기정당화를 해봤자 딱히 와닿지는 않기는 한데. 그전에 왕자님, 둘 다 이곳에 갇힌 상황에 그런 전통은 또 무슨 의미겠어요? 진짜 어쩌실 거야. 우리 계속 갇혀서 있어요?"

"고래비아선에 대해서는 우려할 것 없노라. 명령권자가 없으니 지구 기준으로 열두 시간 후 자가붕괴할 것이니."

"자가붕괴? 항상 느끼는 건데 왕자님의 생김새만큼이나 왕자님이 만드신 정복거병도 참 이상해. 왜 일대일 싸움을 고집하는지도 모르겠고 이런 기술력으로 왜 이렇게나 살상능력이 모자라게 만들었는지도 모르겠고."

"그야 나옴 제국의 정복에는 신민들의 피가 헛되이 흐를 전면전이란 존재하지 않기 때문이니라. 각 별을 대표하는 무력의 상징끼리 부딪혀 어느 한 측의 우위가 입증되는 것으로써 갈등이 종식되면 그만이지 아니하겠는가. 그러니 제국의 정복은 누구도 피를 흘리지 않고 무력의 우위를 입증하는 것을 최우선 목표로 삼노라."

"하여튼 이상한 데서 상냥하다니까. 무력의 우위가 왜 저랑 일대일로 싸우는 걸로 증명이 되는데요?"

"이는 짐이 그대들의 외양을 본뜬 것과 마찬가지로 그대들의 문화권을 면밀히 분석해서 내린 결론이었느니라."

"도대체 무슨 자료로 뭘 분석해서 내린 결론이래요? 내가 들은 이야기 중 가장 이상한 이야기 같아. 게다가 말이야. 일대일로 땅따먹기를 하고 있는 거라면 왕자님이 나한테 짜진 횟수만큼 나한테 별을 줘야 공평한 거 아냐?"

"그대 인류들이 짐이 지배하던 별까지 찾아온다면 그리하지."

"와, 치사해!"

범순과 짐은 오래도록 은하계의 운명과 지구의 패권과는 어떠한 관계도 없는 사담을 나누면서 긴 시간을 보냈느니라. 좋아하는 음식. 즐겨 부르는 노래. 자주 거니는 산책로. 어린 시절의 놀이. 대단하지 않기에 더더욱 오래 기억되는 그런 이야기들을 말이다.

분명 값어치가 없는 이야기들이었다. 하나 시와 분 그리고 초가 지나는 순간순간마다 짐은 조금씩 떨림이 커져가는 것을 느꼈다. 그러하다. 그리하여 신호가 본성으로 가게 된 것이었느니라.

"왕자님. 이리 와요. 무슨 치펜데일쇼도 아니고 그렇게 몸에 달라붙는 가죽옷을 맨날 입었다 벗었다 하니 당연히 춥지."

"남사스러운 이야기를 하는군. 이런 극단적인 상황이더라도 어찌 짐이 그대의 곁에 가 앉겠는가?"

"괜찮다니까. 멍청한 짓을 할 사람이 아니라는 정도는 알아요."

짐이 범순의 권유에 응하지를 않자 그는 되레 짐의 옆 가까이로 다가와 몸을 붙여 앉으며 그리 말했노라. 짐은 질겁하여 몸을 움츠렸으나 범순은 오히려 짐에게 더 다가와 온기를 더하였다.

"아니하다."

"뭐가?"

"그대는 짐을 알지 못한다."

그러하다. 그때였다. 짐이 옥루를 흘리고 만 순간이 바로 그때였느니라.

"내가 왕자님의 뭘 모르는데요?"

"짐은 그대가 생각하는 그런 자가 아니니라."

"그럼 누군데?"

"짐은 수치를 모르는 자다. 지금 그대와 손을 마주 잡고 잠들고 싶다."

"엥? 진짜?"

"아니, 거짓말이다. 지금이 아니다. 그대와 잔을 나누었던 그 순간부터, 아니, 어쩌면 그대가 짐의 손을 처음으로 잡았던 그 순간부터 항시 그러하였도다. 이것이 무슨 의미인지 그대는 아는가? 그대가 안다면 그대는 짐을 경멸함이 마땅하리라. 짐의 뺨을 후려치고 이 자리를 떠나도 좋다."

그 순간, 범순은 짐의 손을 휙, 하고는 낚아챈 뒤 깍지를 껴 꽉 붙잡았다. 다음으로는 그 입술을 짐의 입술에 포개고는 해맑게 웃으면서 짐을 놀렸지.

"뭐래요."

"여기요, 선짓국 두 그릇이랑요. 잠깐. 왕자님, 사람 음식도 먹어요?"

"가능하나 지금은 향에 민감하니 다음에 같이 들도록 하겠소."

"그러시구나. 여기, 선짓국 두 그릇 말고 한 그릇만 갖다 주세요."

범순과 짐은 고래비아선이 소멸한 뒤 곧장 근방의 24시간 순댓국집으로 향했느니라. 아무래도 야심한 시각이었던 나머지 달리 갈 만한 식당이 없었던 탓이었지. 짐은 전날까지는 친숙했던 그 누릿한 향이 어느 순간 어색하게만 느껴져 퍽 당황했었다.

하지만 짐은 이 변화를 곱씹을 몇 초조차 아까웠다. 무척이나 흥미로운 감각을 느꼈기 때문이었느니라. 분명히 짐의 눈앞에 범순이 앉아 있음에도, 그의 얼굴을 짐의 눈동자 안에 온전히 담으려 안간힘을 썼음에도 범순은 결코 그 안에 포섭되지 아니하였다.

오히려 짐이 웃으면서 선짓국을 들이켜는 범순의 모습을 바로 앞에서 주시하려고 하면 할수록 그의 미소가 일 초 전과는 또 다른 의미로 다가오지 않겠는가? 백사장에 부딪히는 파도의 모습이 한순간도 같지 않으나 결코 질리는 법이 없듯이. 바람이 별빛을 흔드는 밤에 끊임없이 잠겨 있을 수 있듯이. 잠이 든 아이를 언제까지고 품에 담고 싶듯이.

그러하다. 전날 짐이 저지른 만행을 듣고 그대가 쓰러지더라도 놀라지 않을 게다. 짐은 고래비아선 안에서 범순과 함께 긴 시간 동안 담소를 나누었다. 그러고는 두 손을 꼭 붙잡고 하룻밤을 보냈느니라. 어허, 진정하고 계속 듣기나 하라.

"그래서. 이제 어쩔 거예요?"

"어쩌다니?"

"왕자님이요. 또 나랑 싸우고 싶어요?"

짐이 범순을 바라보기만 하는 사이 범순은 어느새 국밥 한 그릇을 말끔히 비우고는 예의 그 얄궂은 미소와 함께 짐을 바라보고 있었느니라. 비록 질문을 하였으나 그 질문의 답은 이미 그가 정했음이나 다름없는, 그러한 국면이었지.

"우선 과인의 결론은 이미 정해졌다 밝혀두겠소. 그러나 과인이 내린 결론을 밝히기에 앞서 만의 하나의 가능성을 염두에 두고 그대에게 묻고 싶소. 그대가 나옴 제국에 투항을 하면 짐은 그대에게 가능한 모든 후의를 베풀겠소. 지구의 신민들에게 역시 선정을 베풀 것이며 그들을 다스림에 있어 그대의 의사를 무엇보다 우선할 것이오."

"에이. 제 대답이야 이미 아시면서."

범순은 퍽, 하고 짐의 어깨를 후려갈겼다. 아니, 아니다. 짐을 해하려고 한 일이 아니니라. 짐 역시 한 열 대 정도쯤 맞은 뒤에야 깨달은 것이나 이는 인류에서도 범순처럼 적극적인 성격을 가진 이들이 친근감을 표시하는 방식이었느니라.

짐은 비록 웃고 있으나 그 웃음 뒤에 단호함을 담은 범순의 표정을 바라보며 고개를 끄덕였다. 짧다면 짧으나 밀도 높은 시간을 보낸 사이에 그 정도 질문의 답변이야 짐작하지 못했으랴.

"그대가 슈퍼히어로이기 때문이오?"

"그렇죠, 뭐."

"대관절 슈퍼히어로란 무엇이기에 그대가 이리도 그 의무에 헌신하는지 과인에게 들려줄 수 있소?"

범순은 예상치 못한 질문을 들은 탓인지 흥미롭다는 표정을 지으며 깍두기를 씹었다. 대답을 기다리는 시간이 지루하지는 않았노라. 정육면체 형태로 잘린 무가 아삭, 하고는 그의 입안에서 갈라지는 소리만으로도 즐거웠으니까.

"대단할 거 있나? 그냥 슈퍼한 히어로죠."

"슈퍼한 히어로란?"

"엄청나게 멋진 거."

엄청나게 멋진 거. 이보다 더 범순다운 표현이 있겠는가? 또 이보다 더 범순을 설명할 수 있는 표현이 있겠는가? 짐은 엄청나게 멋진 미소를 가진 엄청나게 멋진 인간을 바라보며 오랫동안 간직한 이야기를 꺼내기로 마음먹었다.

"슈퍼히어로 표범순."

"넹."

짐은 자리에서 일어났다. 그러고는 다시 앉았다. 의자가 아닌 바닥에. 한쪽 무릎을 꿇고서. 그러하다. 경이 짐작하는 그 의미가 맞도다.

"과인의 반려가 되어주지 않겠소?"

"오."

그대가 발작을 하는 모습을 오랜만에 보게 되어 반갑군. 침 좀 그만 튀기거라. 짐이 말하고 있지 않은가? 그리고 범순, 제국의 원수가 되는 그자는 옥 안에 갇혀 있기까지 하지 않은가? 무어를 그리 걱정하는가?

무엇보다 경이 분개할 일이 아직 한참은 더 남았느니라.

"과인은 일평생을 과인을 낳아주신 요아나 대제님과 제국에 바쳐왔소. 하나 이제 과인은 그대와 함께할 수 있다면 제국조차 등질 수 있다오. 아니, 이렇게 입에 이 말을 올린 이 순간부터 과인은 제국을 등진 것이나 다름없지. 지구의 슈퍼히어로 범순. 그대가 과인의 반려가 되어준다면 과인은 지구에 투항하겠소. 그대가 제안을 거절하면 과인은 조용히 지구를 떠나도록 하겠소. 이곳으로부터 떨어진 머나먼 별 어딘가에서 그대와 함께했던 나날들을 반추하며 여생을 마무리할 터이요."

당시 범순은 마치 흥미로운 놀이를 시작한 아이와

도 같은 표정이 되어서는 짐을 바라보았도다. 아무래도 짐의 청혼을 농지거리쯤으로 여겼기 때문이었으리라.

어허. 경의 언행이 경솔하다. 범순은 그저 놀랐을 뿐이니라. 이 우주에서 짐의 청혼을 들을 수 있는 자가 몇이나 되겠느냐? 그리고 그 당사자가 자신이 될 것이라 했을 때 그 경이로운 행운을 꿈이 아닌 현실로 받아들일 자가 몇이나 되겠느냐? 놀랄 일이 아니니라.

더욱이 짐은 애초부터 범순이 곧장 이 청혼을 진지하게 받아들이지 못할 것임을 알고 있었도다. 그렇기에 범순의 무미건조한 반응에도 불구하고 바로 다음 이야기를 시작할 수 있었고 말이다.

"그대가 얼마나 놀랐을지 짐작하오. 하나 과인의 간청을 부디 진지하게 고려해주시오. 짐은 이미 그대의 수인이라오. 그대의 눈빛, 그대의 미소에 투항하고 만 죄인이오. 그대가 과인에게 어떠한 판결을 내리더라도 괘념치 않으리다."

"우선 제 생각을 몇 가지 말씀드릴게요."

"듣겠소."

범순은 선짓국에 남은 밥덩이를 말고는 몇 순갈을 떠먹었도다. 아마도 짐이 긴장하는 모습을 즐기고 있었으리라. 언제나의 그 얄궂은 미소를 생각하면 짐이 추측한 바대로였음이 명명백백하다.

"일단 기분은 좀 좋다. 남한테 프러포즈를 받았는데 안 좋기야 하겠어?"

"그리고?"

"나도 왕자님을 좋아하는 건 맞다. 어쩌면 왕자님이 나를 좋아했던 것만큼이나 나도 왕자님을 오랫동안 좋아했을지도 모르겠어요. 그 차진 엉덩이를 찰싹! 하고 때렸던 그 순간에 이미 운명을 느꼈지 뭐야."

"둔부를 가격하는 것에서 어찌 운명을 느꼈다는 것인지는 모르겠으나, 그리고?"

범순은 다시 말을 멈추고는 식사에 집중하였다. 그래, 짐 또한 경과 마찬가지로 복장이 터지는 줄 알았지. 그대가 쩔쩔매는 모습을 보노라니 범순이 짐을 놀리는 일에서 어찌 그리도 흥에 겨워하였는지 짐작이 가는구나.

짐은 그때 긴장한 나머지 고개조차 들지 못하고 범순의 다음 선고를 기다리기만 하였다. 어찌 아니 그러할 수 있었겠는가?

"왕자님이 멍청한 건 좀 그렇다. 지구에 대해 잘 알지도 못하고 자기 앞가림도 못하고 영 기대가 되지 않는다."

"그렇다면…."

"근데 그건 또 대단한 문제가 안 된다. 내 취향대로 가르치는 재미도 있지 않겠어? 게다가 진작부터 내가 먹여 살리자고 결심했는데!"

고개를 들자 범순은 깔깔거리며 웃음을 터뜨렸다. 아마 짐이 너무나도 노골적인 함박웃음을 지었기 때문이리라.

"지구 출신 중 첫 성간 결혼의 주인공이 되면 그건 그것대로 재밌을 것 같네요. 해보고는 영 별로다 싶으면 첫 성간 결혼의 타이틀에 이어 첫 성간 이혼의 타이틀까지 2관왕을 노릴 수 있다는 점은 더더욱 매력적이고요."

"그렇다면…!"

범순은 짐이 미처 말을 마치기도 전에 짐의 손아귀를 잡고서는 강하게 끌어당겼노라. 짐은 그만 무게중심을 잃고서는 그 강고한 전사의 품에 안기고 말았지. 범순은 그렇게 짐을 품에 안고서는 귓가에 대고 속삭였도다.

"넌 이제 내 거야, 이 엉덩이 큰 왕자님아!"

"왕자님은 이제 제국의 반역자가 되셨습니다, 이를 어찌하나이까!"

"이미 각오했던 바이다."

"말씀하신 일화가 알파를 꼬여내기 위한 미인계의 일환이었다 하여주시옵소서! 그편이 차라리 왕자님께서 대제님의 엄벌을 피할 방도나이다!"

예상했던 바와 같이 프로보트는 거품을 한가득 물어가며 한탄하였느니라. 하기야 일평생을 짐 하나만을 보필하며 살았던 이자가 짐의 선택에 어찌 낙담하지 않을 수 있었을꼬?

하나 짐의 일편단심은 제국을 향한 충정으로도 지

울 수 없었노라. 누군가가 건넨 이 마음은 건네준 그 누군가가 아니고서는 빼앗지 못하나니.

"요행히도 현재 알파는 이 우주함선 비그에 사로잡혔지 않사옵니까? 대제께 알파를 포획하였음을 아뢰고 그를 바치셔야 하옵니다!"

"그러하지 아니할 것이니라. 애초에 범순이 이 함선에 올라타게 된 것부터가 포획이라 하기 염치없는 노릇이지 않느냐?"

"일이 이렇게 되었으니 여쭙지 않을 수도 없나이다. 루다 왕자님께서 말씀하신 일화들이 사실이라면 제가 목격한 그 광경은, 알파가 우주함선 비그에 수감된 이 상황은 도대체 무슨 영문이옵니까?"

좋도다. 설명을 이어나가마. 범순과 짐은 국밥집에서의 식사를 마치고는 가게 밖으로 나갔느니라. 하고픈 이야기를 담기에 그 국밥집의 테이블은 너무나도 좁았기 때문이었다.

우리는 저 멀리서 밝아오는 새벽하늘 아래를 하염없이 걸으며 삼 분이 지나면 잊어버릴 시답지도 않은 이야기를 세 시간이 넘도록 나누었지. 분명 방금 전까지 고래비아선의 위장 안에서 반나절이 넘게 함께 했음에도 지칠 줄을 몰랐도다.

"행복하오."

"좋아요?"

"응. 좋고도 좋소."

범순은 자연스레 짐의 손을 낚아채고는 깍지를 끼었다. 하도 빈번히 이러하니 짐은 이제 놀라지도 않고 그에게 손을 맡기게 되었지.

다음으로는 침묵이 이어졌다. 놀랍게도 시장의 북새통만큼이나 활기찬 고요가 느껴졌다. 그렇게 범순과 짐은 계속해서 달 밑을 거닐었노라. 결코 손을 놓지 않고서 말이다. 부디 언제까지고 이 시간이 계속되기를 기도하며.

"표범순."

"네."

"다시금 선언하겠소. 과인은 매일 밤마다 그대의 손을 잡은 채 잠들고 싶소이다."

범순은 짐의 두 눈을 정면으로 응시하였다. 짐은

일관되게 논리적인 일련의 흐름에 따라 하나의 결론을 마주할 수밖에 없었노라.

"과인은 한시라도 바삐 그대와의 아이를 낳고 싶다오. 그리하여 그대와 또 그대와의 아이들과 함께 오랜 기쁨 속에서 살고 싶구려."

"와우, 스탑."

"스탑?"

짐이 아이의 이야기를 꺼낸 순간, 범순의 눈빛이 이전과는 완전히 달라졌느니라. 비교를 하노라면 사랑스러운 강아지를 보는 눈빛에서 혐오스러운 꼽등이를 보는 눈빛으로 바뀌었다고 할 수 있을까. 범순의 얼굴 근육은 여전히 웃고 있었으나 그 웃음의 의미가 다르다는 것만은 훤히 짐작할 수 있었다.

"이야. 결혼이니 뭐니 망발을 해도 빠른 이혼의 가능성을 감안해서 오케이를 해줬는데. 왕자님 너무하다. 더 배워야겠다. 많이 배워야 돼."

"범순…?"

범순의 눈동자는 그때 노기로 가득 찼노라. 어디 그뿐이랴. 범순은 철썩, 하고 아주 큰 소리가 날 정도로 짐의 어깨를 손바닥으로 치기까지 하였다.

짐은 방금의 발언에서 어떤 것이 실언이었는지, 어떻게 사죄를 해야 할지를 급히 고민하여야만 했다. 하나 워낙 급작스레 일어난 일이기에 짐은 도대체 무슨 상황인지 짐작을 하지 못했느니라. 심지어 이후로 한참이나 시간이 지난 지금 이 순간까지도 말이다.

"범순, 그대와 과인이 손을 잡고 하룻밤을 잤으니까…."

"어휴, 인간아! 아니, 외계인아! 세상 물정 모르는 사람이라는 거야 알고 있었는데 이건 너무하네. 지구인에게 임신이 얼마나 힘든 일인지 알기는 해요?"

"알고 있다오. 그런 부분은 과인이 다 맡을 터이니 염려치 말고…."

"아니, 그게 아니라. 해줄 수 있는 게 있고 없는 게 있잖아. 내 인생이란 게 있는데 거기에 왕자님이 가타부타는 말아야지. 다 끝낼까요, 그냥? 이걸 어떻게 데리고 산담?"

살았다! 왕자님! 루다 왕자님! 불초 소신 프로보트가 왔사옵니다!

그러하다. 바로 그때였느니라. 프로보트, 그대가 짐이 고래비아선 안에 갇혔을 때, 순댓국집에서 범순에게 프러포즈를 했을 때, 밖으로 나와 담소를 나누던 중 실언을 하여 범순을 노하게 하였을 때, 이렇게 세 번이나 짐의 심장박동에 단기간의 문제가 생겼음을 보고받고서는 지구로 전송되어 우주함선 비그를 몰고 온 순간이 바로 그때였느니라.

범순과 짐은 넋이 나가서는 새벽하늘을 가리는 커다란 우주함선을 바라보았노라. 눈앞의 급박한 상황들이 하나도 해결이 되지 않았거늘, 나옴 제국과 지구의 독립성 문제라는 너무나도 큰 문제가 하늘에서 뚝 떨어지지 않았는가?

"범순, 저것은 나옴 제국의 우주함선이요. 아마 과인의 심장박동에 문제가 생겼음을 인지하고 짐을 구조하러 온 것 같소. 결코 염려하지 마시고…."

루다 왕자님! 견인광선을 이중으로 비추겠사옵니다! 그러니 왕자님께서는 부디 제국의 적, 알파와 멀리 떨어지사이다!

"안 돼! 범순…!"

알겠는고? 범순과 짐은 싸우고 있던 것이 아니었느니라. 범순이 짐을 훈계하고 있었을 뿐이지. 그러니 그대가 방금 전 견인광선을 쏘아 짐을 이 함교에, 범순을 수감실에 올린 것은 어떠한 구조작업도 아니었던 게다.

"그러니 프로보트여. 어서 짐의 반려를 맞이하러 가자꾸나. 그렇잖아도 짐이 무언가를 잘못한 상황인데 이보다 더 감정이 상해서야 쓰겠느냐?"

짐은 간청하는 눈빛으로 프로보트를 바라보았노라. 짐의 가장 가까운 신하는 오랜 경험 속에서 이 상황까지 왔을 때 짐의 고집을 꺾을 수 없음을 배웠다. 그럼에도 그는 양 볼을 크게 부풀린 채 고개를 저을 뿐이었으니.

"아니 될 말씀이옵니다. 루다 왕자님. 소신이야 루다 왕자님께 충성하고 그 뜻을 따름이 옳습니다. 하나 이번의 이 일에 있어서 소신이 루다 왕자님을 지지하여 다른 중신들의 뜻을 바꿀 수는 있을지언정 대제님의 의중을 거스르지는 못하나이다."

프로보트가 마지막으로 꺼낸 이 한마디에 짐 역시 쉬이 입을 다시 열지는 못하였도다. 그러하다. 요아나 대제께서 짐의 이 실패를 어찌 보시겠는가? 대로하시어서 지구, 아니 태양계를 통째로 이 은하에서 지워버리실지도 모르는 일이었다.

하나 그럼에도 짐의 연정을 지울 수는 없었도다. 짐은 프로보트를 지나쳐 함교를 나가 수감실로 향하려 하였다. 짐의 뒤에서 어떤 신호음이 들리지만 않았더라면 말이다. 아주 중하고 무거운 그 신호음이 말이다.

루다 왕자여. 그대의 어미가 왔노라.

더욱이 신호음에 이어 어마마마, 아니 요아나 대제의 옥음이 넓은 함교 안에서 메아리를 울리며 들렸으니. 짐은 질겁한 채로 몸을 돌려서 함교의 한가운데를 바라보았다. 어느새 요아나 대제께서 우주함선 비그로 전송을 하신 것이었노라. 여덟 은하의 지배자. 일만 태양의 정복군주. 삼라만상의 어버이. 요아나 대제께서 말이다.

전고全高 120미터에 중량 850톤. 나옴 제국의 지배자는 그 위용에 걸맞은 정복거병의 암석육신을 갖추고 오셨다. 지구인들이 현 상태의 대제님을 뵙노라면 뉴욕 리버티섬에 세워진 자유의 여신상을 떠올리지 아니할까 싶은 자태셨도다.

"어마마마…."

그대가 지구정복을 목전에 두었다 하여 외진 이곳까지 찾아옴으로써 그 공적을 치하하려 한다. 한낱 왕자가 어찌 외계행성의 정복이라는 과업을 완수할까 염려했던 지난날에 대해 사과하마. 이 어미는 그대가 참 자랑스럽구나.

일평생 그토록 듣고 싶었던 한마디를 이런 상황에 듣게 되다니. 짐은 수치심에 낯을 들 수 없었노라. 숱하게 쌓인 오해와 예정된 질책 그리고 반역죄에 대한 책임을 어떤 순서로 풀어나가야 할지 고민하지 않을 수도 없었고.

하나 짐이 어떠한 고민을 하더라도 전부 부숴버리는 사람이 하나 있었으니.

"어우, 여긴 또 어디야? 아! 야! 왕자님! 왕자님이 저 납치한 거야? 야, 진짜 갈 데까지 한번 가보려고 이래? 내가 어디까지 갈 수 있나 어디 한번 오늘 확인 좀 해볼까?"

"범순…?"

"알파!"

웬 놈이냐?

저자가 알파라는 자이더냐? 여보아라. 포로로 잡혀있어야 할 자가 어찌하여 이 함교까지 온 게냐?

"와우. 키가 엄청 크신 분이네. 근데 왕자님, 나 포로였어요?"

"아니오, 그게…."

"알파! 저 간사한 자가 어떻게 여기까지? 어찌 수감실에서 탈출했느냐!"

"손만 대니까 문이 부서지던데?"

범순의 등장 이후 한동안 소란이 이어졌다. 범순과 프로보트 그리고 요아나 대제에 이르기까지 함교에 모인 모든 이들이 이 상황에 대하여 한마디씩을 더했기 때문이었도다. 결국 짐은 어떻게든 상황을 수습하기 위해 무어라도 한마디 말을 꺼내야만 했느니라.

"들어주시옵소서. 알파라는 자는 소자의 포로가 아니옵나이다. 도리어 소자야말로 저자의 포로이옵니다. 하온 즉 알파라는 자가 소자의 심장을 쥐고 있어 소자가 그의 명령을 따르지 아니할 바가 없기 때문이옵니다."

왕자여, 목숨을 위협받고 있는 게냐?

"아뇨, 제가 뭐 그런 사람도 아니고… 거, 왕자님! 이 타이밍에 사랑 고백을 오글거리는 말투로 하는 건 좀 아니지 않아요? 나 아직 화 안 풀렸다?"

사랑 고백?

당연히 수습은 되지 않았도다.

정복대상지의 원주민, 그것도 포로가 된 자에게 사랑을 고백하다니! 루다 왕자는 이 어미에게 창피를 주기 위해 전송을 요청한 게냐?

"어마마마, 저자는 포로가 아니옵고…."

"어마마마? 이 키 큰 분이 왕자님의 어머니세요? 세상에. 안녕하세요. 어머님. 아드님한테는 자주 신세를 지고 있습니다."

… 어머님?

범순은 우주함대 비그라는 적진 한가운데에 있음에도, 전고 120미터에 중량 850톤의 나옴 제국 최고 통치자를 앞에 두었음에도 아무것도 개의치 않은 채 언제나와 마찬가지의 태도로 짐에게 호통을 쳤다. 아무래도 프로보트가 범순과 짐에게 견인광선을 쏘기 전 나누었던 대화에 대해 아직도 분을 참지 못하는 모양이었노라.

"왕자님. 일단 나 좀 봐요! 그리고 어머님? 아드님은 현재 제 소유물이니까요. 잠시 데리고 가서 교육 좀 시키고 오겠습니다."

무엄하도다! 감히 이 요아나 대제를 앞에 두고서 무슨 망발이냐? 그리고 루다 왕자가 어찌하여 그대의 소유란 말이더냐?

"오분 있다 버릴 거니까 그때 가져가세요, 그럼! 나도 막말하고 사람 납치하고 그러는 왕자는 갖고 싶지도 않아!"

주변의 공기가 순식간에 달라졌다. 범순은 꽉 쥔 주먹에 서서히 진동을 더하였고 요아나 대제 역시 그 커다란 바위와도 같은 눈의 안광이 붉게 타올라 곧장이라도 안구동축광선포가 발사될 것만 같았기 때문이니라.

짐은 황급히 둘 사이에 끼어들었도다. 자칫하다가는 우주함선 비그만이 아니라 지구 전역이 붕괴할지 모르기 때문이었다. 하지만 범순이나 요아나 대제 두 사람은 다 짐의 안위 따위에는 큰 신경을 두지 않았느니라. 결국 짐에게는 마지막까지 숨기고자 하였던 비밀을 폭로하는 수밖에 남지 않았지.

"어마마마, 부디 손속을 거두어주시옵소서!"

왕자는 어미의 뒤로 물러가거라! 어미는 감히 제국의 황제에게 경솔히 구는 저자에게 손수 엄벌을 내려야만 하겠다!

"알파는 소자의 뱃속에 든 아이의 친모이기도 하옵니다!"

"뭐 이 새끼야?"

짐은 할 말을 잊고서 짐을 바라보는 다른 세 사람을 마주하고는 근간에 일어났던 일들에 대해 낱낱이 보고하였느니라. 짐과 범순의 첫 만남, 깊어지는 관계, 그리고 결국 저지르고야 말았던 그 하룻밤에 대하여 말이다.

"… 그리하여, 어마마마. 지구인들이 번식하는 과정은 신비로우면서도 아름답사옵니다. 공개적으로 호의를 표명한 두 명의 성인이 결의의 표현으로 서로의 입을 맞춘 뒤 두 손을 맞잡고는 하룻밤 잠이 드는 것이지요. 그러하면 곧 어느 한 측이 아이를 잉태하게 되옵니다. 이 회임 기간은 약 280일간 이어지게 되는데…."

… 그리하여서?

"소자는 말씀드린 그 정복거병 고래비아선 안에 고립되었을 당시 저 알파라는 자와 입을 맞추었고 두 손 또한 맞잡은 뒤 하룻밤을 지새웠나이다. 그리하여 아이를 잉태하게 된 것이옵니다. 소자는 본디 어마마마와 제국의 은혜를 받아 태어났사오나 이후로는 범순과 태중의 아이에게만 충성하는 삶을 살고자 하니 부디 윤허하여 주시옵소서."

"맙소사…."

참담한 침묵이 흘렀도다. 기나긴 무언 속에서 함교 안의 인물들은 모두 짐의 비행을 규탄하는 시선을 보내는 듯이 보였지. 하나 짐으로서는 하늘 아래 부끄러울 것이 하나 없었기에 결코 고개를 숙이지 아니하였노라.

그러고 난 뒤 나옴 제국의 대표자들이 보인 반응은 짐의 결의에 찬 입장 표명과는 참으로도 무관한 것이었도다.

알파여, 일백조 제국민을 대표하는 이 황제가 사죄하노니….

"아니옵니다, 폐하. 이 모든 것은 교육대신이기도 하였던 저의 불찰이나이다. 알파 공, 부디 왕자님이 아닌 불초 소신을 벌하여 주시옵고… 나옴 제국민들은 신체 기관의 형성과 변환이 비교적 자유로우며 회임 후 인공포궁으로 양육을 전환하는 경우가 흔하다 보니 제국 외의 문화권에 대한 이해도가 얕은 경우가 많아…."

"됐고, 다 꿇어."

참으로도 무관했느니라.

"니네 왕자한테 성교육이랑 젠더교육 시켜야 하니까 당장 다 꿇으라고!"

짙은 어둠을 수놓고 있는 은하수를 한줄기 빛이 가로질렀다. 우주함선 비그가 태양계를 떠나며 남긴 잔상이었노라. 이 결말은 요아나 대제님과 프로보트가 간단한 회의 끝에 지구정복을 포기하기로 결단을 내렸기 때문이었다.

이 결단에는 단연 분기탱천한 범순의 일장연설이 큰 영향을 미쳤도다. 짧다면 짧고 길다면 긴 시간 동안 범순은 나옴 제국의 대표자 삼 인을 그 앞에 무릎을 꿇고 앉게 한 뒤 지구 사회에서 인류 여성으로 사는 것이 어떤 의미이며 또 그 삶이 어떤 형태를 갖는지에 대해 상세하고도 명철하게 정돈을 해주었노라.

수업을 마친 뒤 요아나 대제님이 밝히신 당신의 입장에 대해 외교적 수사를 지운 채 정돈하자면 다음과 같다.

1. 루다 왕자의 망언은 범순에게 위자료로 나옴 제국을 통째로 바치더라도 모자랄 만행이었다.
2. 이런 상황에서는 더 이상 정복전쟁을 지속할 명분이 존재하지 않기에 패전을 선포한다.

3. 루다 왕자는 이 별에 버리고 간다. 알파가 얘를 죽이든 말든 제국은 더 이상 관여하지 않는다.

짐은 요아나 대제께서 짐에게 베푸신 후의에 감복하지 아니할 수 없었도다. 이는 결국 짐이 제국을 배신하고 범순에게 충성을 맹세한 것에 대한 사면조치이기도 하였으니 말이다. 대외적으로는 짐이 제국으로부터 추방되었다고는 하나 실제로는 그와 달리 프로보트를 통해 짐에게 이러저러한 지원이 들어올 예정이기까지 했느니라.

"왕자님, 기분은 좀 어때요?"

"그대와 함께할 수 있어서 무척이나 좋소."

"말은."

그러하다. 범순은 짐의 한심한 오해와 지독한 결례에도 불구하고 짐을 곁에 두겠다며 관용을 베풀었노라. 되레 짐을 탓하지 않고 발길질 몇 번으로 모든 것을 용서하기까지 하였지.

범순은 짐이 지구를 떠나는 제국의 우주함선을 바라보는 것이 못내 안타까웠는지 짐의 등을 도닥이며 위로하였다. 짐은 그 따스한 손길에 그만 긴장이 풀려 온몸이 녹아들 것만 같았느니라.

"강의하면서도 의아하긴 했는데 왕자님이 이상하게 임신한 뒤부터는 좀 알더라. 임신하는 방법에 대해서는 전혀 몰랐으면서. 그 이후가 얼마나 힘이 들고 고생스러운 과정인지는 또 잘 알더라고."

범순은 짐의 뺨을 강하게 꼬집으면서 웃었다.

"오래도록 숙고하였기 때문이오. 무엇보다도 중요한 사실관계를 완전히 잘못 이해하고 있었기에 부끄러우나."

"아니, 나옴 제국은 기술적으로나 문화적으로나 신체 변형이 자유롭고 또 관대하니까 임신하는 방법도 그따위로 알았다는 건 그렇다고 칩시다. 그런데 왜 하필 꼭 왕자님이 임신할 거라고 생각했어요? 손잡고 임신하는 거면 왕자님이나 나나 다 가능성이 있잖아. 왜 자기가 할 줄 알았데?"

범순은 이제까지의 얄궂기만 하던 그 미소를 지우고는 진지한 표정으로 짐의 두 눈을 바라보며 질문하였느니라. 아마도 진지하게 대답을 듣길 원하는 것이리라 짐작이 되었다.

"그대는 슈퍼히어로니까."

"제가 슈퍼히어로인 게 왜요?"

"그대는 엄청나게 멋진 사람이니까. 물론 그대는 회임을 하게 되어도 여전히 슈퍼히어로일 게요. 언제나 엄청나게 멋진 사람일 테지. 하나 그대는 지금 회임보다는 이 지구를 지키는 일에 무엇보다 열중하는 중으로 알았다오."

"그야 그렇지만."

"그대가 엄청나게 멋진 슈퍼히어로로 남고자 하는 반면 과인은 제국을 배신하고 왕자의 직에서 물러나려고 하지 않았소? 그렇다면 논리적으로 당연히 과인이 잉태했으리라 결론을 내렸던 것이오."

범순은 짐의 대답에 달리 반응을 보이지 아니하였도다. 이전처럼 두들겨 패거나 무릎을 꿇리지도 아니하고 그저 옅은 미소만을 지었을 뿐. 무슨 영문인지는 모르겠으나 범순이 웃고 있었기에 짐 역시 웃음으로 화답했지.

"프로보트 할아버지가 인공포궁기도 보내준다고

했죠? 기왕 받을 거 잔뜩 받아다가 지구에 수출하기로도 했고. 근데 그건 어떻게 써?"

"삼 개월가량의 배아를 기계 안에 넣으면 끝이라오. 설정을 바꾸면 그 외 기간이어도 문제는 없소."

"나옴 제국 사람들은 신체 변형이 자유로우니까 애 낳을 거면 삼 개월 동안도 왕자님 배에다 넣고 있어도 되겠네?"

"그대가 허락하여만 준다면 부디."

범순은 갑자기 등을 젖히고는 큰소리로 웃기 시작하였다. 짐은 깜짝 놀라서는 또다시 짐이 맞을 실언을 하였는지 염려가 되어 겁먹은 표정으로 범순을 바라보았노라. 만약 잘못이었다면 조금이라도 빨리 사과를 하기 위해서 말이다.

"좋아요. 하지만 나는 아이를 축구팀을 만들 수 있을 만큼은 갖고 싶어 한다는 정도는 알아두세요."

"축구팀을 조성하려면 아이를 몇을 낳으면 되오?"

범순의 또다시 그 얄궂은 미소를 머금었다. 그러고는 짐의 손아귀를 잡아다가 강하게 끌어당겼지. 짐은 그만 또 무게중심을 잃고서는 그 사랑스러운 이의 품에 안기고 말았고. 범순은 그렇게 짐을 품에 안고서는 귓가에 댄 채 자그맣게 속삭였느니라.

"몸으로 확인하시게 될 거예요."

작가의 말

염치 불고한 일입니다만

저는 여성인물을 못 다루기로 정평이 난 SF작가입니다. 어떻게 해본다고 해도 좋은 평가를 듣지 못하는 경우가 잦았지요. 하지만 다른 작가님께서 "시스헤테로 남성 작가라면서 여성인물을 못 다룬다는 핑계로 여성인물을 서사에서 배제하면 그건 더 큰 문제가 된다"고 말해주시더군요. 옳은 말씀이라 여겨 그 이후로 제 소설에 여성인물들을 적극적으로 넣기 시작했습니다. 그 결과에 대해서는 글쎄요. 저에게는 제가 시도한 실험에 대해 평가할 자격이 없으니 그저 여러분들의 답을 기다려야겠지요. 당연한 소리지만요.

이 세 연작은 저 나름의 포부를 갖고 시작한 시리즈였습니다. 2010년대 초반 저의 장삿속은 아주 명확했습니다. 1. 슈퍼히어로가 뜬다. 2. 여성서사가 뜬다. 그래서 이 두 가지를 결합한 이야기를 해야겠다고 다짐을 했었지요. 둘 다 제가 좋아하는 것들이기도 했고요. 이 예측은 제가 계산한 대로 맞아떨어졌다고 자평합니다만 계산이 맞은 것과 성과물을 내는 것은 완전히 다른 문제더군요. 이 성과물에 대한 평가들 역시 저 스스로가 내릴 수 있는 것은 아니겠지요.

한 작품이 아닌 연작으로 구성한 이유도 있습니다. 창작 과정에서 정형화된 플롯을 공식처럼 활용할 수 있다고 가시적인 형태로 입증하고 싶었거든요. 이 시리즈의 플롯은 영상화를 염두에 두고 제법 머리를 굴려 만든 것이라 애착도 크답니다. 소설대로 촬영하면 드라마, 사건을 과거회상이 아닌 시간순으로 풀면 로맨스 코미디 영화, 카메라의 시점을 히어로의 연인이 아닌 히어로에 맞추면 슈퍼히어로 액션 영화가 되는 구성이 나오지요. 어떤가요. 그럴싸한가요?

연작을 한 이유에 대한 소개는 이 정도면 될 것 같으니 이후로는 개별 작품에 대한 소회를 풀어볼게요. 우선 〈월간영웅홍양전〉은 쓰는 도중에도 또 쓰고 난 뒤에도 이 소재를 제가 써도 되는가, 이렇게 써도 되는가에 대해서 고민하였습니다. 실은 이 작가의 말을 작성하는 이 순간조차도 고민을 떨치지는 못하고 있고요. 집필 당시에는 '인셀 안티페미니스트들이 이 소재를 가져가는 모습을 보느니 내가 선점하겠다.'고 생각해서 썼는데 과연 잘한 일인지는 모르겠네요. 원고를 마치고 출판사에 가져가기 전에 열 분 넘는 여성 지인들을 찾아가 조언을 들었으나 제가 그 조언을 잘 반영하지 못했음을 생각하면 부끄럽기 짝이 없는 노릇이기도 하고요. 그럼에도 불구하고 2014년의 글을 아주 멍청한 상태로 박제하는 것보다는 2019년에 적당하게 멍청한 상태로라도 고친 뒤 다시 혼나는 편이 더 옳다고 결론을 내렸습니다. 이 역시도 과연 잘한 일인지는 모르겠네요.

〈주폭천사괄라전〉은 〈월간영웅홍양전〉의 실패를

만회하기 위해 여러 완충장치를 마련한 작품이었어요. 가장 큰 예시로는 〈월간영웅홍양전〉에서는 남성 화자를—분명 의도적이었을지라도—세상에서 가장 멍청한 인물로 설계했던 반면 〈주폭천사괄라전〉의 남성 화자는 조신하게 보이기 위해서는 어떻게 해야 할까를 고민하며 만들었던 정도가 있겠네요. 그리고 여성인물을 잘 다루지 못한다는 지적을 피하기 위해 주인공이 여성인물이지만 술 취한 개저씨처럼 묘사될수밖에 없다는 설정을 부여했고요. 무엇보다 〈월간영웅홍양전〉의 남성 화자는 정신적으로 궁지에 내몰렸기에 신뢰할 수 없는 일인칭 화자였던 반면 〈주폭천사괄라전〉의 남성 화자는 상대방을 속이기 위한 꿍꿍이가 있기에 신뢰할 수 없는 일인칭 화자였지요. 그래서 두 사람이 구두점을 사용하는 방식이 다르답니다.

마지막 〈수정초인알파전〉은 〈월간영웅홍양전〉만큼이나 이걸 제가 써도 되는지에 대하여 고민했던 소재를 다루고 있네요. 외계인이 나오고 착각을 하게 해서 계속해서 거리를 두게 만들었으나 얼마나 효과가 있었는지는—있기는 한지조차—모르겠습니다. 하지만 여성의 삶에 대한 담론에서 이 소재를 배제할 수도, 배제해서도 안 되겠지요. 인물들의 이름이나 설정을 보고 이미 알아차리신 분들도 계시겠으나 〈초전자로보 콤바트라V〉의 영향을 받았음도 밝힙니다. 정확히 말하자면 어린 시절에 제가 〈슈퍼로봇대전 F〉를 플레이하면서 '대장군 가루다의 비극' 스테이지에서 느낀 충격을 담으려고 했지요. 그 외에는 〈월간영웅홍양전〉에서 곰 같은 빌런이, 〈주폭천사괄라전〉에서 술을 마시면 개가 되는 히어로가 나왔으니 〈수정초인 알파전〉에서는 어딘가 고양이 같은 연인 캐릭터가 나와야 하지 않을까 생각했는데 고양이라기에는 어색한 인물이 나온 것 같아 아쉽군요. 다만 멍청해서 신뢰할 수 없는 일인칭 화자라는 점은 마음에 듭니다.

올해 가장 재밌게 본 시트콤은 넷플릭스의 〈원 데이 앳 어 타임〉이었습니다. 이 시트콤은 현대 미국 사회에서 살고 있는 여성이, 쿠바 이주민이, 노인이, 청소년이, 성소수자가 품을 의문을 정면으로 마주하면서도 울음과 웃음이라는 두 마리 토끼를 놓치지 않는 훌륭한 작품이지요. 그리고 고백하기 무척이나 부끄러우나 제가 이 작품에서 가장 눈여겨본 캐릭터는 슈나이더였어요. 이 캐릭터는 캐나다 출신의 어리석고 나이브한 백인 남성이라는 개념을 살아있는 생명으로 구현한 듯한 인물이었지요. 그럼에도 제가 작품에 등장하는 숱한 소수자들 사이에서도 이 인물에게 주목한 이유는 하나였어요. 어리석고 나이브한 제가 누군가와 연대하려고 하면서 어떤 실수를 저지를 수 있을까, 내가 어떤 위치에 가야 할 것인가 스스로 고민하고 되돌아보기 위해서는 슈나이더만큼 관찰하기 좋은 대상이 없더군요.

《월간주폭초인전》의 화자들 역시 결국에는 그러한 고민을 지속하지만 동시에 실패하는 남성들입니다. 혹여나 오해하시는 분이 나올까 염려가 되어 짚어두자면 이 시리즈는 여성서사를 염두에 둔 작품이 아닙니다. 애초에 이 시리즈의 화자들은 남성이거나 뭔지 모를 외계 생명체였으니까요. 빌런에게 납치되

거나 조력자에 머물거나 성적으로 대상화되는 등 이제까지 슈퍼히어로 서사에서 아이캔디로만 소모되었던 역할을 그들에게 배당했을지라도 이들의 목소리로 이야기를 전개한 것은 분명 제가 가진 한계겠지요. 하지만 지금 시대에 제가 해야만 하는 일은 한계를 넘어서는 것이 아니라 한계를 존중하는 것이라 판단하였기에 염치 불고하고 감히 이렇게 글을 쓰고 말았습니다. 읽어주셔서 감사합니다.

지은이..dcdc

영화배우 김꽃비의 팬. SF작가. 본명 홍석인. 장편《무안만용 가르바니온》으로 제2회 SF어워드 장편 부문 대상을 수상하였으며《구미베어 살인사건》을 비롯한 여러 단편집을 출간하였고, 여러 앤솔로지에 참여하였다. 현재 청강문화산업대학교에서 만화콘텐츠스쿨 교수로 재직 중이다.

그래픽..이푸로니

서울에서 활동하는 그래픽디자이너이자 일러스트레이터다. 자연의 이미지와 형태 변이, 순환의 풍경에 관심이 많다. 현재 서울시립대학교 시각디자인전공 조교수로 재직 중이다.

http://pooroni.com

불가능하고도 가능한 세계
포비든 플래닛 FORBIDDEN PLANET

월간주폭초인전

1판 1쇄 찍음 2019년 6월 5일
1판 1쇄 펴냄 2019년 6월 17일

지은이 dcdc
그래픽 이푸로니
펴낸이 안지미
편집 김진형 유승재 이윤주 박승기
디자인 안지미 이은주
제작처 공간

펴낸곳 (주)알마
출판등록 2006년 6월 22일 제2013-000266호
주소 03990 서울시 마포구 연남로 1길 8, 4~5층
전화 02.324.3800 판매 02.324.7863 편집
전송 02.324.1144

전자우편 alma@almabook.com
페이스북 /almabooks
트위터 @alma_books
인스타그램 @alma_books

ISBN 979-11-5992-258-9 04800
ISBN 979-11-5992-246-6 (세트)

이 도서의 국립중앙도서관 출판예정도서목록CIP은 서지정보유통지원시스템 홈페이지http://seoji.nl.go.kr와 국가자료공동목록시스템http://www.nl.go.kr/kolisnet에서 이용하실 수 있습니다. CIP제어번호: 2019021170

알마는 아이쿱생협과 더불어 협동조합의 가치를 실천하는 출판사입니다.

종이 표지_매직콤마 120g/㎡ 본문_그린라이트 80g/㎡ 별지_문켄폴라 120g/㎡